LE DERNIER DES SIENS

Sibylle Grimbert

最后的同类

[法]西比勒·格林伯特 ———— 著　赵苓岑 ———— 译

©S.N.Éditions Anne Carrière, Paris, 2022
All rights reserved
The simplified Chinese translation rights arranged through Rightol Media and BOOKSAGENT-France (www.booksagent.fr)（本书简体中文版权经由锐拓传媒取得Email:copyright@rightol.com）
本书中文简体字版版权，浙江文艺出版社独家所有
版权合同登记号：图字：11-2023-104号

图书在版编目(CIP)数据

最后的同类 /（法）西比勒·格林伯特著；赵苓岑译. -- 杭州：浙江文艺出版社，2024.10. -- ISBN 978-7-5339-7752-8

Ⅰ.I565.45

中国国家版本馆CIP数据核字第2024GS0255号

责任编辑	周 易		责任印制	吴春娟	
营销编辑	张 苇		数字编辑	姜梦冉 诸婧琦	
封面设计	董茹嘉				

最后的同类

［法］西比勒·格林伯特 著　赵苓岑 译

出版发行	浙江文艺出版社
地　　址	杭州市环城北路177号
邮　　编	310003
电　　话	0571-85176953（总编办）
	0571-85152727（市场部）
制　　版	浙江新华图文制作有限公司
印　　刷	浙江新华印刷技术有限公司
开　　本	880毫米×1230毫米　1/32
字　　数	95千字
印　　张	4.625
插　　页	6
版　　次	2024年10月第1版
印　　次	2024年10月第1次印刷
书　　号	ISBN 978-7-5339-7752-8
定　　价	68.00元

版权所有　侵权必究

本书系中国翻译协会——傅雷青年翻译人才发展计划项目（第四期）最终成果

鸣谢：中国翻译协会、上海市浦东新区文化体育和旅游局、上海市浦东新区周浦镇人民政府、上海浦东傅雷文化发展专项基金、《中国翻译》杂志、上海傅雷图书馆

致贝亚特丽斯、米歇尔、大卫、弗洛朗

目录

Ⅰ / 1

Ⅱ / 53

Ⅲ / 105

I

远看，峭壁之下是企鹅的白肚皮，钩形喙如猛禽却更长。它们左右摇摆的姿态看上去很费劲，每一步都要确保走稳了，每一步都要摆荡骨盆稳定下盘。人类的步伐也不稳，脚下这座岛屿泥泞而沉滞，他们后背平行于岸滩，双臂双腿外撇如成群结队的巨大螃蟹，对面，白肚长钩喙的企鹅继续朝岸滩前进，同样的姿态，小心翼翼却又显得如此格格不入。

这天的艾尔迪岛，天气勉强可以，惊涛骇浪拍来，峭壁那儿仍可极目远眺整个冰岛的海滨线。虽无雨却阴湿不散，视线也模糊。天空一色的寡淡灰，清楚地映出海岸线上人与动物不断逼近的画面。猝不及防，人群扑向企鹅，随之闷棍伺候，也有的整个人压上去，纠缠之间拧住企鹅的脖子。这个画面没有持续很长时间，短短几分钟。企鹅像平日里发生状况一样，在崖边惨叫着横冲直撞，几个世纪的安宁让它们退化的羽翼无法飞行。烂泥吞咽了所有的血——远处，不见血迹，但人类从滩岸拾起又握在手中的黑火山石，连带着砸碎了企鹅蛋，涌出黏滑的液体，发出刺目的光。

绝大多数时候，人类不碰企鹅蛋，而是将其撂在尸堆下，尸堆中或许就有它们的父母。

从渔船或者停在半途的小艇上看过来，这一幕仿佛抽象画：淡淡灰色光幕下，大大小小移动的点循环往复构成了规则的线条。船上的人看久了也就麻木了，眼中的人类或企鹅不再生动，而是大大小小移动的点。这样的画面也不至于催眠，乏味而已。于是细看了去，分辨出人的腿、企鹅的喙，看着死婴一样的企鹅被拖到岸边，水手的脸也逐渐清晰起来。船上的人还来不及认识这一生物，它们心脏的跳动已经微不可及，随后停止，看得人握紧了船舷边的手。

忽然间没了动静，岛上的人也没了声响。像是劳碌后短暂的休息，左侧却发生了状况：塌方一般，有东西从悬崖一端掉下去，似有尖叫声，即刻停息。一个水手走到悬岩前，搬起一块石头，俯身又猝然后退，差一点就被企鹅的钩喙啄伤，石头落地。那人重新搬起石头，举过头顶，扔向企鹅，随之传来窸窸窣窣的声音。上船后那人说，当时那动物死盯着他，没有要逃的意思，钩喙围住身下正在孵的蛋。最后，他再次弯下腰，拎起那只死掉的企鹅和它生前用身体保护的蛋。从此，岛上再也没有一只活物。这一属类的企鹅确实很少，甚至不到三十只，见过它们的人都说，越来越罕见了。人们提上死企鹅纷纷上了船，想到即将迎来丰盛的晚餐，吃上肥嫩的企鹅肉以及含有大量蛋白的企鹅煎蛋，唱起了歌。

奥古斯都坐在小艇上目睹了一切，当他驶向渔船时，眼前闪过一个黑影,像是布里奇太太擦地的抹布飘过。奥古斯都俯身,逮住企鹅,手心传来它的不安和力道,虽然那时它已经气息奄奄——否则不会随波逐流。他捞它上船。它的折翼垂在肚皮上方,呻吟着。它想咬古斯①,安好的另一只鳍翅绷得笔直,整个身躯硬得跟肌肉一样,古斯勉强才能抓住。不过,跟它的同类一样,离开水也寸步难行。被人扯掉身上的网后,它反而更加难受,于是徒劳地挣扎着,时不时地发出刺耳的尖叫,有个水手说像极了女巫的鬼喊。把它放进船上的笼子,马上就不叫了,给它鱼,它却不吃。它隔着铁栏盯着古斯,充满愤怒甚至仇恨,古斯只能颤抖着将鱼放在它脚边。在此之前他从没见过动物有表情。他不确定要不要告诉自己的雇主博物学家,一只巨型企鹅在怒目圆睁。老实说,奥古斯都想都想不到自己会抓到一只企鹅。他原本的计划是带一只死企鹅到里尔做标本,他登上那艘渔船出于这个目的:夏季,地球上仅剩的这群企鹅会在艾尔迪岛筑巢,水手们刚好也经过那里。但他从没想过会带着一只活物回到陆地,最多抓一只关起来做研究,研究做完了它也不可能活了——这倒是有可能。

后来,它睡着了,要么它就在假寐。古斯隔着笼子近距离地观察它。虽然早就知道巨型企鹅有羽毛,但看到它的绒毛时还是吓了一跳。在此之前,他认为动物都跟海豹一样滑腻。那天晚餐嚼那块企鹅肉时,他就想,海豹肉就这味道

---

①即奥古斯都。——编者注

吧，油汪汪得发腻，难以下咽。

两天后抵达奥克尼群岛。这期间，企鹅的脑袋一直偏向舷墙，留给时刻关注它的古斯和其他无关紧要的人一个后背和它的短脖子，像是一只尾巴动也不动的无头怪。没有人操心企鹅的笼子是否太小，除了一个水手建议给它腿上拴根绳子，放到海里。但古斯拒绝了，他担心它跑了。幸好浪花打来，凛冽海水带来潮气，雨水也至，小家伙的身体湿润着。

1834年1月，他到奥克尼群岛的重要城市斯特罗姆内斯研究动物志，六个月后他前脚刚重新踏上这片土地，后脚便为企鹅找了一个稍大的笼子，然后把它放在自己出租屋的房间里。负责做饭和打扫卫生的布里奇太太大受刺激，竟然有人把恐怖吓人的畜生养在屋子里面。古斯只好向她保证，绝对让它离她远远的。两天后，他连笼子带企鹅一齐转移到一楼的大房间，打算从此往后在那儿工作，远离她那些抹布拖把，同时禁止那老女人出入。

每天他都往笼子里放几壶水，企鹅便撑开鳍翅，伸长脖子，钩喙探入肚皮又弯向后背，持续很久。它也就这么动上一动，再就是把古斯放在地上的鱼一口吞了：稍微往后一蹦已然非常吃力，它把钩喙埋进蹼足之间，一口咬住鱼。其余时候，它一动不动，钩喙搁在胸口，身子蜷作一团，双脚像是粘在了地上动弹不得。有时，斜眼瞟它，瞟到它那黑色还是棕色的眼睛扫过来，瞟到它眼里的仇恨。古斯都快吓到了，心想，布里奇太太是对的，那家伙太危险。怪不得水手说那钩子嘴、尖嗓门的家伙是巫婆。

这种企鹅的喙大到夸张，古斯看过布丰那幅震撼的版画，据说他是根据他人描述画下了企鹅，不，布丰也算首创，那应该说是顺应自然而画，当时古斯就对画中的企鹅喙印象深刻，每每想起，胸腔便涌上一股热流，心也跟着怦怦直跳。近了看更古怪，鹦鹉嘴都没法和它比，古斯画它时，就感觉它鼻子下长了只蟹钳，又长又贴鼻。这种企鹅的喙确实也是黑色的，带着光泽，喙上的凹槽不美也不丑，但吓人程度不亚于非洲或澳大利亚附近土著脸上的彩绘。

现实很残酷：企鹅在笼子里奄奄一息。整整三天，腐烂的味道弥散整个房间。布里奇太太上楼干活路过工作间，她那张老妇人的苦瓜脸皱得撅成圆锥状，应该是想把口鼻耳都堵上。两天里她就没摘下过针线帽，绝对是不想自己耳朵受乌烟瘴气的罪。她的视线总是避开古斯，搞得古斯都怀疑自己臭了。没办法，毕竟和企鹅同处一室，浑身上下除了臭鱼味，还积了一身灰。

他必须尽快致信里尔自然历史博物馆的博物学家加尼埃，把这个振奋人心的消息告诉这位雇主，一分钟都耽误不得，毕竟他捕捉了一只稀有企鹅，得趁它还活着从各个角度进行素描。当然了，笼子里的企鹅面对他没有任何动作，他也只能凭借自己的想象力了。最开始那几天，古斯往它脑袋上浇水，它还有正常反应，接下来也没出什么岔子，但即便是拿水泼它，它也只是蜷作一团。他一罐一罐地拿水浇它，罐子空了再接一罐……他算是清醒了，根本没用，就没谁有本事画一只勾着脖子梳理背羽的动物。

他是好水手，也有冒险精神。但要作为首创、持续地观测这样一只巨型企鹅，单纯的游客身份远远不够，必须具备自然历史博物馆助理人员这一不可或缺的潜质（这样一来他接下来的旅费也有了着落）。动物学的知识未必多稀罕——他还学过药剂学，但对于栖居在北大西洋传说中的企鹅，他好歹略知一二，毕竟和非洲企鹅很像，原本在美洲海岸还有几千只，现在绝迹了。

企鹅的爪子似乎溃烂了，这可不妙，看它全身起毛球一团糟的样子，完全不符合人们眼中企鹅的模样：礼帽那般柔顺光滑，体态庄重。这家伙成片羽毛在房间里纷飞，身上俨然世界地图般，露出绒毛的部分如陆地凹凸起伏，羽被则似波光粼粼的海洋，二者间没有任何逻辑的分布确实像极了地球。古斯花了两天时间才搞清楚，原来企鹅在换毛，也真不凑巧。企鹅不耐烦待笼子里，即便心满意足地吞下抛到空中的鱼，又或者毛皮终于光滑，都不给好脸色。确切地说，它还没长定型，没有完整的鸟类特征，素描没有任何意义。

第四天，它拒绝进食。

死脑筋的动物，古斯心想，它是脑袋缺根筋吧，都不为未来考虑，蠢极了，啫，竟然宁愿饿死也不想待笼子里。古斯有些赌气：阶下囚难道就不吃饭啦？真是的，陷入敌对状态的企鹅一副失魂落魄的样子。它把脑袋埋在胸口，哪怕最不起眼的一小截木枝、德鲁伊教的一件摆设或者不断缩减的巨石阵的一粒小石子都让它放不下。

每天撞入他眼帘的首先是它那巨大的身形，他定睛一看又习以为常，对它的观测没有任何进展。说它不动吧，又解释不清它是怎么把棕榈叶搁地上的,还有它怎么能脖子前伸就往前走的?它的叫声更是没法准确描述。没有人如此近距离地接触过这类企鹅,所有观测和描述只能靠他杜撰,而且他必须趁它还活着,始终和加尼埃保持联系,请教他如果企鹅死了该如何处理,否则到时候企鹅死了,加尼埃不仅不会听信说辞,说不定还会怪古斯没有预先知会,认为都是他研究方法不当导致。因此第一时间就得与他联系,说明企鹅状态非常不好,事无巨细地汇报它的情况,不能让加尼埃过于乐观。古斯打开笼子,看着糟透了的企鹅,完全不担心它会跑掉。他坐回桌前,让它自己看着办。但无事发生,那家伙根本不出牢笼。古斯回到它身边,伸出一根指头,插入它的折翼,惴惴不安的样子像在靠近某种未知的物质,旋即收回了手指。它那折断的羽翼瘦削露骨、单薄又粗糙。平日里它也不动弹,不做痛苦状,这一碰触才让他忆起它在艾尔迪岛受伤的事。

古斯唤鸽子般唤它,它脑袋埋进胸膛,定格似的一动不动。古斯想到一个词"空洞"——这家伙放空的样子萎靡不振。古斯看腻了又回到自己桌前。

他正给加尼埃写信,突然一声巨响,他抬起头来。企鹅离笼子约摸十厘米,掉落在地后惊慌失措地原地扑腾,像是要在这六角形赤陶地砖上游泳。古斯赶上前,前脚刚靠近,那家伙的钩喙对着他脚踝作势要咬,几乎得逞。古斯吓退一步,轻声叮咛:"温柔点儿。"像极了和小狗说话。企鹅发出刺耳粗厉的声音,肯定把布里奇太太吓得不轻。它原地扭动，左右翻滚，几次差点压断自己的折翼，痛喊出声，蹬腿挣扎，脚趾在地上来回刷蹭。

古斯绕到背后逮它，把它锁进笼子，也不失为办法，倒是把企鹅吓得息声，在古斯手里不作抵抗，又开始一动不动。它或许在等死，被迫离开水域后都不知道会怎样结束自己的性命，不可理喻的命运摆在面前，它似乎也只能接受。古斯透过新生的绒毛，摸到了它的心跳，原先光秃的皮肤竟然可以长出羊皮一般柔软、精细又柔顺的毛层，毛层之下的心脏仿佛火车头一般在运作。他安抚它："温柔一点。"将它扶起，它脚步不稳，古斯猜测，连续几天的牢狱生活麻痹了它脚掌的肌肉。他把它放回笼子，留下几条鱼和敞开的笼门。

手中的信件无法继续。古斯人是坐回了桌前，眼睛却离不开那家伙，情不自禁地看向它，原本想为信件结尾，心思却全在它身上，怎么也落不了笔，脑子里一团糨糊。门吱呀作响，他知道是布里奇太太进进出出，搬东搬西，抖一抖藏污纳垢的毯子，毕竟同一屋檐下住着一只又吵又多余的野生动物，她和它各有各的恐惧，就古斯一副没心没肺的样子。

他干脆不写信了，也没留意时间的流逝。企鹅动了动脖子，钩喙在地上蹭来蹭去。它吞下一条鱼，发一会儿呆，叫上一两声，最后闭嘴。古斯站在它跟前，随着它左顾右盼。他上身靠着桌边，贴近它而不打扰它。突然，房门砰一声关上，古斯起身，走到门外一探究竟。只见布里奇太太将脱下的围裙丢在前门的把手上，俨然一副敌军入侵花园插旗宣战的架势。窗外，老太太脚下生风，扬起帽檐的钩花飘带，留下稻草人风雨中飘摇的背影。

他没心情搭理她，把她赶回了工作室，他离不开企鹅，实际上他的心思从没离开过企鹅，一旦视线转回它身上，丁点大的动静都能让他看出神，虽然都是重复的动作，看不出所以然。企鹅用钩喙梳理自己的羽毛，晃动了光影，开启了时光。终于，它走出了自己的牢笼，一步、两步、三步……左摆摆，右晃晃，张开健全的羽翼。古斯并未多想，拿起一条鱼靠近，放在一米远的地方，蹲下来。企鹅止步，走上前，又止步，然后跨出一步。

工作室的白墙上清晰地映出它的钩喙，它依旧挺直身子，却侧过脑袋，拿右眼瞟古斯。古斯看见了它浅栗色的虹膜，淡过瞳孔，这出乎他意料，他以为企鹅的虹膜和瞳孔都是深棕色。它的虹膜边上有一圈乳白色，往里渐淡。他竟然从它眼中读出了智慧，以及蔑视，最令人震惊的是它情绪之深沉。这家伙似心下有所判断，毫不退缩地审视着眼前的未知生物，这不正是胆量。眼前明明是一只受本能驱使的动物，却更像深思熟虑而英勇无畏的人类，它似乎在评估古斯这一危险与未知人物。都怪它浅色的虹膜，他所遇见的百来号人有着同样的浅色虹膜。

或许古斯感到了孤独，所以从一只动物眼里看到了人类的影子，从一个独特的、无比鲜活的生命那儿感受到了与众不同，他看到了它。突然，他发现企鹅钩喙上白色的羽毛斑消失了。他吃了一惊。无关角度、深度，也并非不同生物之间相互审视却有待认识，而是因为蜕变，一只动物在更新自己，过去关于它的一切描述无关它的现在。于是古斯回到桌前，把这一细节记在本子上，记录的同时下定决心——当然是深思熟虑后的决定：继续这只企鹅的素描，特别是那与众不同的斑点，还有虹膜过渡至瞳孔间清晰而明亮的斑点。

下午五点天光仍在。企鹅继续踱步，并未远离墙根。时而撞上障碍物——五斗柜或者椅子之类的家具，它像是在用钩喙亲验目标的材质。五点半的时候，它已经跋涉了六米。十分钟之后，有人敲门。窗外站着斯特罗姆内斯的公证员布坎南先生。古斯得把企鹅藏起来，他冲向企鹅，从后面逮住它，拎鸭子一般拎起它。仓促间，企鹅来不及反抗，虽气得直叫，叫声却微不可闻，有点屈从的意思，惊吓之下脚蹼直踢古斯的肚子。

布坎南的敲门声又起，还算礼貌。古斯应道："来啦！"他仍旧怀抱着企鹅，一手兜着它的翅膀，一手揽着它的脖颈。在他怀中打挺的小动物虚弱地一阵阵颤抖，同它的呼声一般无力。抱它到了笼子跟前，情况就不一样了：他急着把它放回笼子，却始终不得方法。或许是惊慌失措，或许是刻意为之——不愿无缘无故出事，企鹅瘫软得像块破布，不由他轻易摆布。古斯又应了一声："来啦！"但这一次，语气明显透着焦躁，汗湿了他的额头。他先塞它的脑袋，然后推它的屁股，但它胡乱动弹并不配合，古斯抛下手中这个烂摊子，关上笼子，朝大门跑去。

两人落座全屋最大的房间，仍然局促的空间内也没什么喝的。布里奇太太搬来的这位救兵与自己年龄相仿，这让古斯很不自在。显然，她受够了这只鹰嘴野兽：巨型汤碗一般的身子，手柄一样的羽翼，鸭子腿，不会飞还一脸凶残。这不就是一只鸭嘴兽吗——这辈子她都没法理解的存在。

"您应该安抚她，让她感受到您是尊重她的。"布坎南建议道。二十四岁怎么就高高在上给二十三岁的人说教了？"当地的老太太闹起事来动静很大，但缴械投降也快，您瞧着吧。"

两人陷在扶手椅里，面对一个没用的壁炉。布坎南卷起一支香烟，手指白皙而纤长，衬得他的长脸更加粉嫩，他凑向卷烟。古斯琢磨着，此人专程前来，也不可能仅仅为了教育他在这个与世隔绝又雾霭重重的小岛如何处理与当地人的聘用关系。其实他已经猜到一二，布坎南磨蹭着不进入正题只是在争取时间和同情，好铺垫他此行真正的目的。他也想迁回应对，但他满脑子都是受伤的它：卡在笼子里出不去，不管怎样，肯定非常不舒服。他开诚布公地表示，将已然绝迹的企鹅当作标本饲养并不有违失落的文明与当地习俗；布里奇太太也没有任何理由感到冒犯和虐待。几个世纪以来岛上总是阴雨绵绵，导致这位公证员面无血色，但古斯没有兴趣满足这位权贵对企鹅的好奇心。

事实上，他很不耐烦。一刻钟后，他起身，在任何地域文化中，起身都意味着终止对话。但是布坎南纹丝不动，近乎透明的脸转为深粉，映着整个泛红的面孔。一阵沉默。古斯认为还是落座为妙，他担心眼前的同龄人中风——当然没有。古斯这个法国人坐回坐垫时，布坎南这位苏格兰人又恢复了苍白肤色——这在当地反而是健康的表现——他笑了。

"我想见见它。"他说得很直接。

古斯反倒愣住了，深层的原因是嫉妒。他不需要对布里奇太太隐藏企鹅的存在，结果怎样有目共睹。但面对布坎南这样一位儒雅才俊——他甚至有个大胆的想法，如果移居奥克尼群岛，他一定要结交布坎南这个朋友，但分享企鹅的一切绝对不可能。

"它会被打扰。"

古斯直截了当又不失礼数地回应，拒绝的意味很明显。

"之后再说吧。我得先尽最大努力让它活着，这是我的职责所在。最好送它到自然历史博物馆。"

为了结束这个话题，他跷起二郎腿，倒进扶手椅里，打算接下来敷衍了事，逼来客无奈离开。光是想想布坎南看企鹅的画面都让古斯心绪不宁。谁知道呢，也许布坎南似乎更懂得如何接近企鹅，更了解动物，也更熟悉企鹅。

"您清楚现在的行情吗？"

古斯清楚，布坎南故意装得高深莫测，逼他直面问题。他只得冷冷承认——当然也希望表现得毫不在意，表示他不了解行情，甚至不知道布坎南意指为何。

"企鹅的行情，它们的尸体或者制品，比如羽毛、喙和蛋，都很值钱。您的宅邸存储着一笔可观的财富，即便只是企鹅蛋，也不容小觑。"

古斯仍然不太明白布坎南的意思，唯一确定的是他想买企鹅，企鹅的羽毛也有市场——虽然在古斯看来，毫无特别之处的企鹅毛不值得大惊小怪，无异于鸵鸟毛。总而言之，像他表明的那样：他没心思捣鼓这些杂七杂八、稀奇古怪的玩意儿。

"您前往艾尔迪岛时，岛上有多少只企鹅？"布坎南问道。

"据水手们说，大约有三十几只。"

"啊。"

布坎南沉默了。

古斯则目瞪口呆。布坎南坐在古斯的扶手椅上，坐在古斯客厅—图书馆—餐厅三合一的房间里叹气。他先是一惊，接着不吭声，那意思像在说，对于古斯这样的无知小儿，不必多费唇舌。这次轮到古斯红了脸，但不比眼前的这位苏格兰人明显。他清了清嗓子，像刚才那样，按照本地习俗，起身结束这次非同寻常的访问。

布坎南看着自己面前定格的古斯，他白皙的肤色没有任何变化。他双眼浅棕色，无限近似于黄绿，有时会转为棕色，笑容漾开来，在他拥挤的下半张脸上画出一条苍白的细线。弱不禁风的儒雅绅士一以贯之的耐心，衬得古斯严肃又粗暴，古斯双腿一沉，坐回自己的位置。布坎南告诉他，巨型企鹅的数量正在锐减，他很震惊，古斯竟然对此一无所知。

"消失的企鹅都上哪儿去了？本世纪初，纽芬兰周边仍旧生活着大量的巨型企鹅，迁徙到本地后，数量递减。因为恋物癖的存在，动物制品有着庞大的市场。全世界都在觊觎巨型企鹅。物以稀为贵，这很正常。"

古斯竖耳倾听，无法压抑自己的好奇心。他也没必要难为情，偶然的际遇触发了他不擅长的领域，很正常，没必要装专家。他琢磨着布坎南是否在暗指自己借科学之名赚钱。实际上布坎南是在警告他：生活在一群把企鹅当黄金的水手之间，在自己家中圈养一只巨型企鹅有多危险。

"那么现在，我能见见它了吗？"布坎南征求他的意见，古斯稍有犹豫，然后应允了。

午后将尽，房内光线渐弱。古斯想点燃桌上的蜡烛，借点光，布坎南伸手拦住他。忽明忽暗间，他隐约瞥见笼子里有一大块黄油一般黑乎乎的东西，企鹅的钩喙似乎在反光，当然古斯认为只是光线在变化。布坎南默然伫立，什么也没发生，他便静观其变。两人听见脚蹼刷蹭笼子金属板的声音，布坎南走过去，蹲在地上，古斯则站在门旁，几分钟似无限漫长。

　　公证人始终一言不发，观察着安静的小家伙。它似乎睡着了。古斯看着布坎南和企鹅，两个暗影抽象得难以辨识，布坎南似幽灵出没，亮色衬衫的立领遮住了他的颈背和头颅，往下挡住他的脊背，他水平指向蜡烛，示意古斯点燃蜡烛。古斯会意，遵循某种仪式一般蹑手蹑脚地，尽可能无声地摩擦火柴。油然而生的一种神圣感，或者更确切地说，一种庄严的神圣感，令古斯莫名地喉咙发紧。

　　昏黄暖光一泻而下，照在布坎南和企鹅身上。古斯小心翼翼地靠近，生怕惊动相互凝视的两个生物，他在他们身旁蹲下来，看着布坎南与企鹅眼神交错，双方都在严肃、专注而尤为冷静地相互审视。古斯第一次见企鹅如此平和。

　　从布坎南的目光中似乎能看到他眼中的世界：眼前是传说中的巨型野兽，昏暗与孤独之中愈见巨大的野兽。古斯的双眼已然习惯了微弱的黄光。昏暗中愈见清晰的细节。之前他仅仅只是记录，但从那天开始，一根脱落的蓬松旧羽、一片光滑油亮的新羽都能占据他大量的时间。他发现它胸腔部分的羽毛尤为勃发，两处略微凸起，中间隐约有一道凹陷，随心脏的跳动鲜活地震颤。

　　"快看。活到现在我只见过死的企鹅。"布坎南说。

　　"您应该找机会跟渔船出海……"

　　"我不喜欢航海。而且据您所说，艾尔迪岛上仅余三十几只企鹅。如果我没有理解错的话，您的到访并无益处。"

　　吉斯不作回答。他既不生气、懊恼，也无内疚，仅仅只是看着企鹅，机械地说话，竭力让自己的声音穿透房间以分散自己的注意力。他遗憾没有更早地感知它的美丽与庄严，都怪午后将尽，怪那窗外蒙蒙细雨，又或者是布坎南所营造的氛围。

古斯俯身打开笼子。企鹅似乎不再猜疑，几分钟后，它小心翼翼地、摇摇晃晃地走了出来。古斯清楚，它永远不可能自如地进行陆地行走，它走起路来可太有趣了，古斯之前竟然没留意。有可能是因为原先小家伙没那么自在，也有可能是布坎南的热忱安抚了它。

古斯发现了一只与众不同的、闻所未闻的动物，他在努力理解它作为鸟类的存在。就他而言，眼前这徒有鳍翅、猛禽一般的钩喙却不能飞的家伙更像是离水呼吸的一条鱼，或者一只游水的鹅、一只长着羽毛的贝壳。总而言之，它很反常，各地各种各样的企鹅他也见过不少，大都一个模子：跃入水中、水上穿行，和海鸥一样寻常。布坎南提起一只水壶往它身上浇水。它的反应和古斯平时看到的一样：梳理羽毛，钩喙弯向脊背。古斯明白了：这是它以及它所有同类的生存之道——这样才能活下去。它想要活下去。它的钩喙能够分辨新旧羽毛，梳理旧羽，为新羽"抛光"。它忽而停顿，剧烈地摇头晃脑，仿佛在抓挠发炎的皮肤。古斯从未见过活的巨型企鹅，他救下养在跟前的这只属于特例，他能从它身上看到这一族群生存的轨迹、一以贯之的习性、后天习得的技能、学习能力以及智慧。他亲手喂养它，已然熟悉它。他看着它，心想：这家伙有反应、有需求、有欲望，独一无二，同时对于整个人类而言意义非常。

　　布坎南和他一起离开了房间，如此难能可贵又寻常的经历最终似乎令他们窒息。看一只鸟梳理羽毛，可以是几小时也可以是短短的几分钟，有时甚至可以持续几年。这对于观测鸟类（包括所有鸟）而言再寻常不过，却也是不可多得的体验，比如眼前这只鸟，从此往后它习惯动作上细微的变化、钩喙轨迹微妙的差别，又或者是羽翼难以觉察的轻晃，对他们而言无异于不可抗拒的震撼。

　　他们坐回自己的位置。这一次，两人都喝了威士忌，为了平复激动的情绪。窗外风声四起，海浪击打着崖头。杯中似有企鹅的影子，布坎南握稳了酒杯。

　　"奥古斯都，您亲眼目睹水手屠杀整群企鹅，难道不震惊吗？"

　　他低沉的语调略带指责的意味。古斯为何震惊？人类吃动物，动物吃动物，这是世界运行的规则。虽说如此，他仍旧因为过意不去而心烦意乱：想到惊慌失措的声音，野蛮屠杀时刽子手的笑与乐，想到用自己身体保护孩子的企鹅被石头活活砸死。确实，当时目睹了一切，古斯却置若罔闻，整个人梦游一般。或者他垂下了目光，避开残酷的画面，看向小船的木板、海滩，又看回木板。

　　布坎南并未看向古斯，面对一个可怜（或者更准确地说，懦弱）的古斯对他而言无异于折磨：一个回避丑陋、暴力和人类欲望的冷血药剂师、生物学家，眼里只有进步、纯科学或者落魄冒险家的趣味。

借了蜡烛和壁炉里的火光，这个房间比看企鹅时待的工作室亮堂。在这里，古斯又走回了文明，他和布坎南两个老实人工作一天后又坐回自己的位置，暂且远离了野生动物和野蛮的水手。黑夜已降临，风吹过，波涛澎湃，让他们置身孤岛一般，困于废墟一隅。古斯突然好想走进一家酒馆，听听酒鬼连篇的鬼话，听他们为鸡毛蒜皮的琐事大笑，听他们唱歌，听他们带着酒味的气若游丝。他想要一品脱有着丰富泡沫的啤酒，而不是兑了糖浆的威士忌，他想要似企鹅蓬松羽衣的丰富泡沫。

为什么他脑子里全都是它？为什么轻盈而乳白的一切都让他想到这个有着精细羽毛又正在脱毛的小家伙呢？家中圈养一只野兽真就如此非比寻常吗？非洲本土的贵胄不也驯服狮子吗？那些人每日睁开眼睛脚边不都卧着老虎猎豹吗？有必要时时刻刻围绕着它转吗？实际上他和布坎南都一样，一门心思系于企鹅。

这个苏格兰人嘱咐："您得多加小心。"

古斯感觉他在威胁自己。但布坎南并没有威胁古斯，两人虽然面对面，但布坎南的视线已然离开了手中的酒杯，杯中也再无企鹅忽隐忽现的影子。火光映得他半边脸橙红，另一半在黑暗中显得阴沉，依旧苍白，黑夜未彻底将他侵袭。谈笑之间有风浮动，海浪在翻滚，他们置身于靠海的屋内，海岛一方自然响动，即便屋内圈养了一只活企鹅标本也合乎常理与科学。

"您想吃点什么吗?"他随意一问,二人自在些许。

但是这个苏格兰人什么都不想要。

"企鹅的一鳞半爪在他们看来都是商品,如果有办法保存企鹅眼睛的话,他们也想交易。买卖动物的市场相当庞大,博物馆需要标本扩充馆藏,商人便将动物标本及制品卖给博物馆;为了赶时髦,收藏家会把企鹅的钩喙做成漂亮而昂贵的烟草盒收入囊中。"

"我绝不会卖企鹅。我要带它到里尔,活的!"

可怜又无知的古斯难不成是个孩子吗?连他自己都感觉这话说得幼稚,尤其最后一句。昏暗中他简直害臊得脸红。

"您的话算数吗?您作为科学家,此番游历的开销都由博物馆掌控,处置企鹅的事必然也由他们定夺。"

确实如此,但古斯从未将加尼埃的嘱咐放在心上。他更想离开斯特罗姆内斯,如果可能的话换一个知名度小一点的地方,开启一趟更为壮阔的游历。这只捡来的企鹅如同奇花异草一般,早晚都得纳入朱西厄之类博物学家的收藏中。人类所谓的道德,悲怆也好,宏伟也好,皆与他无关。

旋即,风、海浪、寒冷、黑夜与孤独——再现,捡来的企鹅待在隔壁的工作间,预言家一般笼罩着危险气息的布坎南在这个房间里,古斯真想邀他同往酒吧,来一品脱酒,尽情玩笑,好好地放松放松。这个人连呼吸都一板一眼,让周围的空气都凝固了。古斯开始怀念外面的世界,即便斯特罗姆内斯的街道并不那么赏心悦目,即便外面下着雨,而夜已深。

"我吓到您了?"

布坎南笑了，此时的他又更像一个与自己共享惊天发现的同龄伙伴与知己。空气恢复了流动；气氛恢复日常，赶走了过度的戏剧张力。

"我了解水手，"古斯解释道，"一个月内两次出海，我和他们同吃同住，据我所见，他们勇敢无畏。"

"所以他们可靠，一个水手永远不会坑蒙拐骗……"

"企鹅属于我，他们很清楚，带走企鹅时他们并没有反对。"

"这只企鹅，您估价多少？您应该已经收到了报价：里尔自然博物馆的一份工作，还是动物标本捐赠者的名头？损失与否全在于您，我只是好意提醒。您手中握有别人所求。博物馆就是你们共同的赞助商……"

酒精使古斯略微麻木，他得活动活动。他有些喘不过气来，有那么几秒眼皮都在打颤。布坎南肯定也累了，他与古斯一同起身，不知谁推开了门。接下来的一切古斯全都没看到：布坎南穿上大衣，戴上帽子，疲软的身体散架一般消失在黑暗的街头。

布坎南走后，古斯回到了工作间。小家伙待在笼子对面的一个角落里。它不打算回笼子，外面更自在、更清新、更干净、更贴近古斯。它轻声地唤，咯吱咯吱的声音短促而微不可闻，似乎在蓄积力量，准备用一声爆发引发他的注意。古斯走到它跟前，像往常那样抱起它，并不清楚接下来会发生什么。

大海静谧地呼吸，一如海该有的样子，无风也无雨。黑暗中泡沫翻涌，模糊可见。出门时古斯顺手取下衣架上的细绳，走到五十米开外的沙岸。圈在他怀里的企鹅时而扭动，时而耗尽精力一般静止。它拿爪子挠古斯的肚子，兴奋抑或惊吓之中，爪子挠破古斯的背心和衬衣，挠破他的肌肤。古斯稳步向前，却很机械，他脑子里萌生了一个模糊的念头，却不知具体该怎么做。

其实也简单：他决定像之前在船上一样，趁企鹅昏沉，拿一根绳子系在企鹅的腿上，放它回海里。不带感情地机械行事反而精准，比如古斯正在做的：双膝内扣，夹紧企鹅的双脚，因为用力过猛，小家伙本能地反抗，他不管不顾，成功系上细绳。目标达成后，他甚至不知整个过程企鹅是否发出了哼唧。但风浪确实让它意识模糊。

他把它放在沙岸的鹅卵石上，同样是沙岸，法国北部更适宜步行，但这里才是它的栖息地。起初，它缓步涉水，没入几厘米的水中。入水后即刻如发酵的面团，并非真胖，而是勃发一般重拾了生命力，找回了状态，就像一双耷拉着的手套在戴到手上之后恢复了尊严。它洗去了结块的泥土，一头扎入水中，一会儿转向这边，一会儿游到那边，那白晃晃的肚皮乍现又隐没，顷刻间消失无踪。

也就几秒的时间，短到伫立沙岸的古斯来不及担心。企鹅使劲拉扯，绷紧了他手中的细绳，割破了他的右手，力道之大超出他的想象，他的左手也快支撑不住了。他身体斜倾向后，因为砂石的缘故重心不稳。他视线所及仍然不见企鹅的踪影，而天色太暗又让他无法看清。二者拉锯着，但古斯很清楚，再这样耗下去，输的只会是自己。他必须收回绳子，用尽全力尽快将企鹅拉回沙岸。但那家伙绝对在做"水下芭蕾"，古斯根本使不上力，又不得方法，只感觉被掏空一般，站在参差不齐又旁逸斜出的岩石上摇摇欲坠。也许坐下来更舒服，也能更好借力，但他无处落座。

他涉水至没膝处。海水刺骨，让古斯紧张到失去知觉。他蹲下，不，他坐在水中，海水漫至胸腔。他落座处的石子儿没有那么糟糕。有时猛浪袭来，直击他的双肩。推他回沙岸的海水给了他助力，他感受到细绳另一端的企鹅在靠近。他不再冰冷，不再疼痛，他已经忘了自己坚持了多久——回过头来细想，全程应该不超过十分钟。

当时他怕极了，他怕失去它。即使面对越狱的逃犯他尚且还有一丝的怜悯，但他恨极了它，转而又涉险全力护它。但最后，战斗结束时，他依然坐在水中，小家伙重新出现在他的身边，他知道它只是落单了，和他一样孤单：它离开了熟悉的地方，而他浑身湿透，衣物沉重得下坠。小家伙再未远游，它像一只普通的水鸭，在水面晃悠。不可置信的是，它看上去很幸福。

古斯的呼吸终于顺畅了。夜里他看不清它，但这无关紧要，他知道它在，他猜企鹅也一样。设身处地思考，如果换作自己置身异样天地，眼看着天黑地暗、风起云涌，听风迎浪和海的咆哮……他由衷地钦佩小家伙，正因为这份钦佩，如果有一天再无它的存在，这个世界将凄然死寂，因为关于它的认知不再,因为对立关系中前行的动力不再,因为这世界将不再有异于飞翔的海鸟、游水的海豹、隐身水下的鱼的与众不同的存在。

  他终于起身。冷空气似乎穿透他的胸腔直入他的骨骼。他冻僵了,干裂的嘴唇间发出咿呀呻吟。他抓住企鹅,它挣扎,但如同宠物一般轻轻地,不咬不闹,像是抱入怀时在毯子上抓挠一会儿最终听话的猫儿。回到家中,经过户外一番夜间游戏,企鹅显然很开心,冻僵的古斯被湿透的衣物绊住了手脚,开门时已筋疲力尽。擦拭一番后,他把企鹅带回工作间,却没有放回笼子。离开前,他刚好看到它以迅雷不及掩耳之势在地面上滑移,整个儿地溜进五斗柜的下面。而他,则就着壁炉脱下衣裳,盖上一条毯子,然后便枕着炉火入睡。

第二天，布里奇太太进了屋，避开古斯的工作间。她一声不吭，不作任何解释，而是心神不宁地待在屋子里，哭丧着一张僵硬的脸。午后将尽，布坎南到了，便和古斯一起坐在企鹅边上。布里奇太太看着眼前这幅画面，惊讶得怒目直瞪天花板，不住地唏嘘。夜幕降临，布里奇太太和布坎南离开后，古斯就让企鹅回海里了。

第四天的夜里，古斯走进港口的酒馆，仿佛融入了人间的烟火。当时带他出海打鱼并且一起带回企鹅的水手就在里面，他想见见这群伙计。酒吧的湿热气息扑面而来，豆大的汗珠滚落在他的额头和双颊。人世喧哗轰然入耳——恰是他所求。他抬眼便认出了坐在边上的阿姆斯特朗，他手里拿着啤酒。那时在小艇上，他也这般坐在古斯的旁边。阿姆斯特朗四十多岁，可能稍微年轻一些，所剩不多的牙齿又黄又黑，当然古斯的牙也好不到哪儿去。水手的手掌宽厚而畸形，留有几道凸显男人味的伤疤，残废的小拇指长年累月钩子一般弯曲。

阿姆斯特朗并不过问企鹅，古斯眼中的怪事、麻烦到了他这里无非海上变天，家常便饭而已，无关大碍。古斯甚至不敢提起这个话题。不过，该说的他都和布坎南说得差不多了。当然也因为布坎南，在酒吧里消遣这种事都让古斯有一种负罪感。那位公证员说了，酒吧这种纸醉金迷的地方可以让人因为一杯酒丢了性命。但这群水手不同，古斯和他们一起在海上共度了整整一个月。酒吧里的人们谈天说笑，无甚大事，时而沉默，聆听对方，当是休息。有时突起嘈杂似争执，随后又平息，别处却闹哄哄。古斯放眼望去，酒吧里似乎全是虎背熊腰的人，一个个瘫倒在吧台上。偶尔，烟斗、酒杯等穿梭于耷垂的脑袋间，各色帽檐或者胡子挡住了各自的面容，他们全都乌龟似的缩着脖子。

埃纳尔森坐在吧台那儿，他是一个冰岛人。屠杀企鹅那次他就在艾尔迪岛的沙岸，要么自顾自地喝着啤酒、想东想西，要么对着一帮人喋喋不休。看到是他，古斯吃了一惊，往后一退。那家伙手肘撑在吧台上，和他之间仿佛横亘着一只被割喉的企鹅——而他则血口洞开，兴奋地发出刺耳的欢笑，和他魁梧的身形格格不入。古斯为自己的多愁善感感到羞愧。

"你怎么处置那畜生的？"埃纳尔森突然对着古斯耳畔说。

在古斯还没缓过神的时候，埃纳尔森已经离开吧台，突然到了桌边。

"爱丁堡来了个法国人在找它。"

古斯下意识地撒了谎。布坎南的警告还是起了作用。埃纳尔森愣了几分钟,显然很失望。

"好吧,谁都不是吃闲饭的。你把企鹅送内陆去,有意思吗?"

短暂的沉默后,他说道:

"只要它没死,我愿意接手。"

"哪怕它死了我也得带回法国。"古斯回答。

埃纳尔森又一脸失望,但这一次还带点讶异,似乎听出了古斯的不乐意。

"你凭什么认为它是你的?你能找到它全靠我们。"

"饶了他吧。"阿姆斯特朗打断他,既没看向他,也没看任何人,疲惫地将目光转向内侧。

埃纳尔森刚要张口——或许有话要说——却咽了下去,一声不吭,心事难诉一般对着古斯冷笑一声,回到了吧台前。古斯看着阿姆斯特朗,浑身不自在,刚才那个冰岛人让他乱了阵脚。

"企鹅以后可难找咯。全世界都盯着呢。"水手说。

"你们在艾尔迪岛杀红了眼,应该留条生路的……"

"你知道为什么吗?企鹅肉可是好东西,吃了补力气。你就没尝过?"

古斯尝过一块,如果煎蛋也算的话——仅仅是想起来都让他不适。水手沉着脸,没有任何起伏地说:

"像你这样的人毕竟是少数。眼下,没了企鹅,是可惜。但替代品那可多了去了,虽然也不是什么好事。"

阿姆斯特朗为什么这么说,古斯自己也知道,问了二十多家自然历史博物馆,没一家想要艾尔迪岛上的三十六只死企鹅。

"人们愿意出高价搜罗企鹅皮和企鹅蛋。"

"那企鹅蛋你也照吃不误。"

"新西兰附近原本有很多企鹅。那边对企鹅历来不友好,现在改正又为时太晚。你瞧瞧,企鹅有多诱人。企鹅肉强身健体。你们这类人呢,习惯了花钱买;我们则直接拿来饱肚,留一两只给你们,这不就越来越少。"

疲倦袭向古斯。酒吧里这群人不像他,他们家里没养企鹅,不会过问枕头里羽毛的来源、煎蛋的食材、企鹅的饮食,他们没有此类道德的困扰。但进了酒吧,古斯就和他们一样,只求放松。他不想再为企鹅劳神了,至少此时此刻此地——不。这只动物把他推到了风口浪尖,他心里如乌云压顶般压抑。从前,见了谁他都喜欢聊上几句,上了渔船他就是水手,和船上所有的成员打成一片,他爱整个船组。他相信只要自己愿意,深入蛮荒之地,历经大风大浪,惊险而刺激地冒险都不是问题。他把那只企鹅带回家反而让他背负了罪孽——虽然不是这么一回事——但他这人就是多愁善感又容易心软。有时候这就很麻烦。刚才他就因为心不甘情不愿地吃了企鹅肉而内疚,想想真气人。他喜欢过一条狗,小时候总和它一起打猎。那条狗死的时候他都哭了,但后来他又养了一条狗,新的小狗更是生龙活虎,让他很快就忘记了死去的小狗,甚至不太确定有没有给它取过名字。企鹅和狗没什么区别,唯一的区别就是企鹅总有离开的一天,养着它只为做研究,不会为它流泪的。

阿姆斯特朗还没走。

"你把企鹅放哪儿了?"

"家里。"

话刚出口古斯就后悔说了实话。他接连吞了好几口酒精,想要自己放松下来。

二十分钟后,肋骨处的压迫让古斯难以呼吸。一开始怪埃纳尔森,现在周遭整个环境都让他窒息。他立刻反应过来,现在的自己已经没办法融入他们了,即便他仍旧渴望水手们的陪伴,而非布坎南。和水手们待在一块儿讲求相处的艺术,必须了解对方的性格。此时此刻,他感觉如此地落落寡合又格格不入,身处这个地方甚至有些可笑,他喜欢这儿的温热,却又忍不住忧虑。不远处埃纳尔森投来的目光,阿姆斯特朗半睁半闭的双眼透着邪恶,无不令他焦虑。

他现在算明白了,阿姆斯特朗不是好人。一开始他被对方的热情欺骗了,自己看走了眼,阿姆斯特朗和自己搭话只是为了让自己放松警惕,他只想知道企鹅在哪儿。怪只怪古斯太天真,他缺乏经验。没有人会毫无戒备地和水手们来往,任谁也不可能和他们一起去酒馆。都怪自己刚才太疏忽了,他觉得对方随时都有可能动粗。他又灌了自己几口酒,哪怕振作精神也好。

门口有人打起来了,打斗持续了半个小时。他没有像身边那些人一样闻声马上扭头围观。东西都砸碎了:一只杯子和一个椅子脚。古斯见怪不怪,之前他就见识过渔夫有多暴力。喝完最后一杯啤酒,他终于不再坐立不安,不知怎么的,看着眼前暴脾气又盛气凌人的水手,他仍然觉得他们面目可爱。他想起《最后的莫西干人》,不知道酒吧里最年长的人有没有在加拿大海岸见过北美印第安人。当时看那本书时的震撼感至今犹在,那时——虽然也没过去多久,他还年少,不经世事,哪像现在:闲游浪荡进了不干不净的地方。想到这儿,他自顾自地笑了,笑自己这样一个堂堂正正的里尔的医学生竟流落到冷峻群岛的一间破落酒吧。

古斯叫不出身旁小伙的名字,也不好再问,对方都已经回答了十多次了。古斯的舌头打结了,和别人说太多英语时就会这样。不然就是酒精的作用。这小伙肯定比阿姆斯特朗年轻得多,和古斯一样二十四五岁的样子:脸上的雀斑让他面色仿若夕阳红。他应该是在谈论加拿大和休伦人,也有可能是古斯自己说起了加拿大和休伦人。小伙只是淡淡笑着,听这位邻座侃侃而谈,自己则洗耳恭听,始终落落大方又迷人:古斯一开口,他便报以微笑,同时鼓励周围的人都做出回应。

古斯不禁好奇阿姆斯特朗上哪儿去了。如果阿姆斯特朗也在听,而且就在这群信服的听众之中,应该再也不会表现出高高在上的傲慢模样。但说来也巧,阿姆斯特朗确实回到了古斯的视线中。实在是难以置信,古斯今晚所有的愿望都实现了。阿姆斯特朗搂过他的胳膊,脸颊贴了上来,古斯清楚地看到,这位冒险家脸上再无敌意,他认可了古斯,这是很明显的和解的信号。但阿姆斯特朗到底在说什么？古斯听不太明白，似乎说到了几个英文单词"home（家）"和"drunk（喝醉的）"。晕晕乎乎的古斯听到他说：他得回去了，他醉了。醉了的阿姆斯特朗口齿不清，还好古斯听得懂英语。古斯要起身，阿姆斯特朗作势要扶，古斯拒绝了，因为之前恶意揣测对方心里过意不去。对自己人，阿姆斯特朗表现得诚恳也友好。

离开酒吧时，和一群浑身傲骨的勇士度过了愉快的一晚，古斯身心舒畅。冷空气让他稍许清醒，但迈过门槛上了楼之后，他的心情又变了。

第二天他很晚才醒。一晚上折腾得够呛：喉咙痛，脑海里全是昨夜里无关的斗殴画面，还有那些将他团团围住听他说话的人，究竟是在嘲讽还是同情，已无从知晓。平日里不胜酒力的他很少和水手喝酒。

起了床，他从卧室出来，下楼到工作间，就这点工夫他就累得不行。而且他还得照顾企鹅，那家伙肯定饿了，他反而没那么着急。

古斯一进工作间，那家伙就冲他叫，以最快的速度摇摇晃晃地走向他。他感觉这家伙短促的哼唧像是松了一口气，传递着没有被遗忘的喜悦。古斯大受感动：一个比街头路人更为陌生的存在竟热切地盼着自己，发自内心地又理所当然地渴望着自己，在乎他，亲近他……即便仅仅只是想要他喂它，他的心也融化了。企鹅像人类一样，似乎有情绪。它双眼乍现的光芒似乎在说"我终于见到你了",往前探的脖颈又像在接话"你不在,我好难受"。它心急火燎地用嘴摩擦他的裤腿时,古斯的心跳漏了一拍。

企鹅饿了,扑扇着翅膀在古斯与墙根之间来回踱步——古斯每天就在墙根那儿喂它。它还跟平时一样,先摆向右边,再晃到左边,远比之前灵活。此刻的企鹅特别像鸡飞狗跳的养鸡场里维持秩序的大鹅。说来也奇怪,古斯毫不设防地感动了:企鹅毫无保留地交出自己,毫无顾忌地表现出自己对一个陌生人的依赖,即便人类根本不同于自己,与自己也没有任何的共性。

这不是爱,不是友谊,也不是默契。脑海中浮现"责任"这两个字时,古斯听到了"责任"轰然落在自己肩头的声音。到目前为止他只对自己的母亲负责。古斯的母亲是一个寡妇,她将所有希望、所有对幸福的展望都寄托在儿子身上,她教他读书,为他筹谋职业生涯。对于母亲的无私奉献,古斯既不想表现得感恩戴德,又不愿依附于她所规划的未来——这也不全是针对母亲,只不过怕令她失望罢了。他不得不帮助企鹅,喂养它,让它回到水里……因为那天是他选择了它,也只有他愿意收容这只动物,当然也因为——这才是最重要的——这家伙需要他,它脆弱、孤立无援、残疾,但它是一条生命。

古斯看着它把鱼吞下肚,发出吞咽的声音,然后舒服地哼唧,古斯心想:如果自己不帮它,上了岸后这家伙必死无疑。正因为他和它之间存在无法克服的差异:永远不可能交谈，更不可能理解对方，所以他更得照顾它，一个生命本能地认可了另一个生命，于是他们走到了一起。古斯要对它负责，它有背羽，平日里需要梳理羽毛，而他压根没有羽毛，它可以一头扎进水里，而他都不会游泳。这都不算什么，最让他头疼的是，这家伙不是人类的造物，更不是他所生，没有前人的经验，他完全不了解它，原本它也不需要人类。可能就连自己的母亲也会因此失望，他都已经猜到了，甚至已经想象过她受惊后吓到它的样子。如果这一天必然到来，他或许会试着向她解释，比如"怪只怪她有个水手一般的儿子"。另一方面，他不能辜负企鹅的信任，企鹅不能说话，即便它说了什么，他也听不懂。

　　这一刻，他身体里流淌着的东西又蔓延开来，或许源于昨夜残留的酒精。某种情感在他体内急速地生长，撑开他的身体，仿佛破土而出的树苗茁壮成长。他盼着它好，他希望有一天，企鹅不再是单纯因为饥饿而用嘴摩擦他的裤腿，以此迎接他。

古斯再也没有踏足那家酒馆,每天七点左右他便醒来。有一天,他终于在邮局收到了加尼埃的来信。加尼埃在这封信里做出了指示:无论企鹅是死是活,古斯得离开斯特罗姆内斯,要么把企鹅装进笼子带回法国,要么剥下死企鹅的皮,卷起来带走做标本。

他不想在邮局读这封信,邮局这种公共场所不适合如此郑重的大事。他脚下的街巷狭窄如斯特罗姆内斯这座城。由于担心雨水打断自己的思路,古斯匆忙赶往位于城市另一端的住所。口袋里沉甸甸的信件握在手里都觉得烫手,他迫不及待要看信。他站在墙下躲雨(狭窄的街巷好歹还有优点),打开信封后他很快地浏览了一遍。加尼埃命令古斯看看有无可能:无论企鹅是死是活,尽快带着企鹅赶回里尔。加尼埃甚至用了大量篇幅感叹巨型企鹅将为博物馆带来的巨大声名,所有机构都在绞尽脑汁寻找巨型企鹅,至少到目前为止,巴黎连一只都没有。他很清楚,"全法国只有斯特拉斯堡拥有一只巨型企鹅,那还是1760年来自俄国的礼物,当时企鹅还没这么稀罕"。古斯合上信,他想知道的大概都知道了，剩下的就回家静静看吧。

这样一来，古斯只能马上动身。此刻他走在悠长的小巷里，沿着海岸想再看看整座城市。仅仅两分钟，他就走遍了小小的斯特罗姆内斯城，一抬眼看遍了所有，整座城市尽收眼底。这座迷你小城里，本应该亮眼的淡粉色花岗岩房子看上去黯淡无光。伫立在港口上方的小山之上，唯一算得上景致的几块地方也显得局促、凄凉而凋敝，仿佛就连这座城市也深知有什么东西已然一去不返。抵达此处的第一天，无惊无喜又压抑的景观已经让他感到单调，古斯只能自我安慰。光线到达这里时或许已经黯然，他突然反应过来：这儿没有树，狂风肆虐之处哪有树木生长。

想到这或许是自己最后一次看斯特罗姆内斯，古斯的目光不再苛刻。愈接近住所，古斯看着眼前的一切，心里愈加恋恋不舍。蔚然成林当然畅爽，斑斓的色彩也能平添多姿多彩的幻想，但一览无余的质朴也别有味道。离开之后必然怀念，怀念的当然包括相处融洽的布坎南。对，古斯要去拜访他，让他第一个知道自己动身的计划。当面告别对他而言过于残忍，况且他的身边除了布坎南和布里奇太太，也没有其他人可以通知。

他转身走上一条上坡的路。雨水不再倾泻而下。古斯进了布坎南的家门，见他喉结处一抹血印，一看就是刚刮过胡子。布坎南正打算出门，古斯随他一路走到港口，然后将信中的内容告诉了他。布坎南向他表示祝贺，激动地涨红了脸，连拍他的肩膀，一副小年轻的模样。

"我会想念你的。"布坎南说。古斯心想，自己倒不至于想念布坎南，但如果某一天二人在遥远而热烈的他乡偶遇，那一定是件极快乐的事情。

"比起我，你肯定更想企鹅。"

古斯客套地回应。

"我想说，让我来照顾它吧。你不觉得带它上路这想法本身就很愚蠢吗？等于立马要了它的命。最好的办法就是我和你一起——或者你离开后，我来让它自由。"

"我做不到！我必须带它走。"

"你就告诉他们企鹅丢了。"

布坎南习惯了步履匆匆。古斯真怕一屁股摔在这湿答答的陡坡上。

"一只野生企鹅能做什么？按你说的，斯特拉斯堡不是已经有一只企鹅了吗？我猜爱丁堡和伦敦加起来都有十来只……"

二人走到港口。船舶正要驶离港口，工人在卸货，孩子们则在奔跑嬉戏。迎面走来一人征询布坎南的意见，布坎南做了一番安排便一挥手，来人迅速转身，朝港口成堆的木桶赶去。

这一插曲让古斯大吃一惊。私下里感情细腻的布坎南到了港口摇身一变，成了一个说一不二、直截了当又一言九鼎之人。攘来熙往中，古斯没有停下说话，布坎南接话时表情发生了变化，古斯发现他的眼睛像是遍布斯特罗姆内斯的坑洼。应该是自己妨碍了这个苏格兰人的工作，布坎南建议二

人之后再谈,像往常那样,他会准点到古斯家中和他详谈,他还说:

"在此期间,麻烦你再考虑考虑我的建议,尤其请你斟酌,将那么珍稀的动物送到根本就不产企鹅的法国干什么。"

陆续有人来找布坎南。对于斯特罗姆内斯这座工业城市而言,布坎南显然不可或缺。

布坎南的建议不在古斯考虑范围内,他不可能和里尔博物馆作对。古斯大步朝住所赶去,心情糟透了。周遭的一切他视而不见,他再也不留恋斯特罗姆内斯这一阴湿的无底洞。一个男人撞了他一下,古斯心想这绝对是故意的,但此刻这对他来说已经无关紧要了。终于,他来到住所的门口,却看到工作间的门大敞,他走上前,瞥见布里奇太太缩在企鹅跟前,正给它递东西。双方饶有兴趣地相互打量着,一方是咀嚼食物的动物,一方是研究它的女人。

古斯刚迈出一步便惊到了布里奇太太,只见对方站直了身子,企鹅站在她的脚边,脑袋偏向她一边,一副吃惊的样子。她抚平裙子,古斯还没开口,她便主动解释说自己在收拾屋子,时不时就得收拾屋子。她说话的时候,紧绷的下巴皱成了破筛子。古斯一副不置可否的样子,布里奇太太立马变了说辞,她说她听到企鹅在哭。

"企鹅哭了?"古斯将信将疑地问道。

"是啊,它哭了啊,您有什么大惊小怪的?"

"我可从没听见它'哭'。"

"随便您怎么说。它这么被关着太可怜了。我想安慰它。"

"我以为您讨厌它。"

"这世上就没我讨厌的东西。您误会了，我可没这闲工夫。"

企鹅往她的裙子上蹭来蹭去，求她似的发出哼唧的声音。布里奇太太想要一把推开它，伸手的瞬间却忍不住变得温柔而亲和。一瞬间她又振作精神，耸耸肩，扬着下巴朝向天花板，双眼更是翻上天一般。虽然隔着天花板什么都看不见，她身体的某些部分像是架在空中一般，整个人不协调地夺门而出，手里攥着她的抹布。

这些苏格兰人真让他搞不懂。两个星期前还在质问古斯的布里奇太太竟然为企鹅不开心。布坎南也一样，竟然自诩动物学家，对于如何与野生动物相处指手画脚。古斯脚边的企鹅像是睡着了，或许只是在休息，鸭子一样坐在那儿。企鹅仿佛没事一般，古斯可气坏了，他气企鹅，气布里奇太太，气布坎南，凡是让他内疚的人，无论因为什么，都让他生气。

他再次展开信件。加尼埃的兴奋劲溢于言表，信中他不断地祝贺古斯。古斯和企鹅有了关联后，所有人都在强调这家伙多稀罕。加尼埃提醒古斯，这一种群因为每年只产一只蛋，繁衍速度太慢，所以尤为珍贵；此外，在1775年，纽芬兰总督禁止任何个人对企鹅取样——无法落实。因此，他希望古斯能理解他所拥有的动物之于科学的重要意义。紧接着加尼埃嘱咐了回程的细节。他要求古斯乘船前往敦刻尔克——敦刻尔克船次很多——让他下了船之后雇车回里尔。加尼埃保证会在里尔建一个水池，方便企鹅游泳。

古斯将信摊在腿上，疲惫得无法起身。他看向企鹅，上半身一动不动地倚靠着墙，眼皮耷拉下来。他的后背略微地起伏：他在呼吸，再正常不过的呼吸都让他筋疲力尽。企鹅"活着"，像自己一样有正常的反应，需要空气，如果它碰巧也像古斯一样喘不上气，压抑地无法呼吸，肯定早已奄奄一息了。从某种意义上说，企鹅和古斯并没有太大的不同，除了一点：为了圆满和幸福，古斯得追求事业，建构自己的未来，然后结婚生子。他所面对的世界充满着疏离而陌生的族群，像他这样的人只想离开。他不能为了一只企鹅毁掉自己。

"太可笑了，这个计划。整件事情极其可笑。还不如当初在艾尔迪岛时你就任由它被拔毛扒皮。"

五点钟，布坎南准时到访。他是对的，他们都是对的。

"找一只雌企鹅，让它们繁衍……"

布坎南在说什么？古斯又不是诺亚。

"找一只雌企鹅？你怎么判断它是雄企鹅还是雌企鹅？"

布坎南承认，事实上自己并不清楚。古斯很失望，他很想知道这只大海雀究竟是雌是雄，但没有其他个体可以比较，怎么可能分辨雌雄？他养的这只跟别的一样都有尾巴，仅此而已。

过了一会儿，等布坎南离开后，古斯便带着企鹅去海滩。这十天里，古斯买下了一艘船，风平浪静时就载着企鹅到更深的海域游水。小船下水后，他把企鹅拴在自己打的木桩上，等船离岸几米开外，任由系了绳的大海雀在海里越游越远。把一只企鹅送到法国干什么呢？又不能繁衍。没有任何意义。企鹅就在那儿，任由他摆布。古斯决定着它的生死；反过来，企鹅的生死也决定着古斯的成败。

这些天，大海雀游水时不怎么拽绳子了。它似乎在顾及古斯的心情，知道只要自己在他视线之内他就能放心，它好像也能洞察周围危险的水手或者逆戟鲸，而不是因为孤单或者担心迷了路。这一会儿，大海雀浮在水面，弓嘴对着天空，脖子后缩，奇奇怪怪又很滑稽。时不时地，它斜着眼睛瞟古斯，顺带给他一个企鹅式的越来越亲切的微笑。

企鹅看着古斯，一个在十五米开外的海面，自在地休息，一个坐在小船上。古斯看看自己和企鹅，仿佛一个船队的战友。下到水里，大海雀的眼睛变成了乳白色，不出海的话根本发现不了。古斯心想，应该是晦暗的天空映着海水的颜色反射在它的虹膜上。这奇妙的现象，突然就变得透明。有一次他真的以为它合上了眼帘。企鹅时不时一头扎进海里，应该是在捕鱼。有时，它浮出水面，古斯看见它嘴里有一个圆形的凸起，顺着吞咽的动作滑下它的脖颈。

他们在那儿待了很久。古斯的手指冻僵了。他这是怎么了？身体那么不适。回到沙岸，他把绳子重新系在木桩上，自己爬上小船，靠在小船上坐了下来。大海雀像往常一样晃头晃脑地出水。这一次古斯不再需要拖拽绳子，也不必逆着风浪用力抓紧它。一开始的时候，大海雀的速度并没有很快，等过了最后一个浪头，它的步伐越来越快，左摆右晃的身体异常敏捷。它发出尖锐的叫声，短促如子弹：听得出来，它很开心。这一声也确如子弹击中他的心房，映着粼粼水光的小家伙扑进他怀中，嘴巴埋进他上衣的褶皱里，他的心脏那儿温热一片。

古斯纹丝不动，生怕惊扰了这一瞬间：或许就在这一瞬间，野生大海雀终于把古斯当成了自己人。他听到企鹅在打呼，说出来荒谬得都没人信：巨型企鹅是不会打呼的。但它确实发出咕噜咕噜的声响，比鸽子的咕咕声稍弱。呼噜呼噜的声响带动它的身体起伏，有时又变成断断续续的嘘声。

不知过了多久，两秒或者五分钟，古斯伸出手，温柔地落在企鹅的脑袋上，然后移动到它的脖颈，小心翼翼地游走至它的背——它温暖的背起伏如脉搏，再顺着张开的鳍翅游移到胸口。他再也感觉不到冷和热、干燥和潮湿，闻不到海水的腥味，硌屁股的石子似乎也没那么讨厌了。一个鲜活的生命完全地交付给自己——面对剥夺它生存权的人类，它却回以信任。

企鹅一动不动，有那么一瞬间，古斯动摇了：到底该怎么做？周遭一片祥和，没有恶意，甚至没有一丝不悦。企鹅有鱼吃，有水喝；古斯可以研究企鹅；和风徐徐，冷时有壁炉取暖。古斯完全没必要冒险把企鹅送到法国，他要做的仅仅是观察它的一举一动，看春去秋来它一丝一毫的变化。他相信加尼埃会同意自己的看法：加尼埃没理由拒绝自己。

企鹅撇下古斯，走在沙岸的石子上。古斯看着它的背影，看着自己精心养护的大海雀——他选择了它，它依赖他。他本想叫住它，他希望它回到自己身边，至少再对着自己笑一笑。他想到自己根本分不清大海雀的性别，忽然感到困扰：不知雌雄，怎么和它说话？但说实在的，和一只大海雀又能说些什么呢？或许就因为法语里"企鹅""动物""大海雀"都是阳性词，人们很自然地就把它视为雄性。如果养的是一头鲸鱼，他可能就按法语规则把它看作阴性了。但如果他和它说英语，就不存在阴性或阳性的问题了。

大海雀停下来，静静地伫立在石子上，爪子紧紧地抓住地面，它看看古斯，又扭头凝视地平线，一副谈天说地聊景色的样子。小家伙似乎正带他领略深邃又一望无际的广阔天地，古斯做不到，放眼望去灰蒙蒙的天空对他而言仅仅只是阴天。这是它的天地，或者说曾经是它的天地。这一切曾经都属于这只企鹅，而从今往后这只企鹅只属于他。这只企鹅不再只是一只企鹅，而是他的企鹅，他和它一起看潮起潮落，共走沙岸，一同领略刺骨的寒风、偶尔柔和的光线以及尖利的岩石。他想给它取个名字，像给一只猫、一匹马、一只鹦鹉取个名字一样，它之于他，就纯粹只是一只野生动物，无异于任何一只飞越净土的鸟儿——当它迈向海岸，每一步都似鸟儿腾飞。

古斯起身，一步一步走向大海雀，他琢磨着给它取什么名儿好。跨出第一步，他想到一个男人的名字涅普顿；第二步，他想起一个女性的名字泰希斯；第三步，他想到一个男女通用的名字多米尼克；第四步，他想到一个形容词；第五步，他走到企鹅的身边，蹲下来和它齐身。他想好了。

他弯下腰，抱起大海雀往回走。从这一刻起，它是他的"旺达"，它圆圆的肚子让人联想到"兴旺发达"，而且这个词通俗易懂，又吉利。大家都叫它"旺旺"，就像大家都管"奥古斯都"叫作"古斯"。

他把自己的想法写信告诉了加尼埃，这就过了一个星期。头天，布坎南惊讶地发现企鹅两只眼睛前的白点竟然消失不见了，或者说正在褪色，但它的脑袋上新长了好大一片白羽，使它看上去愈加精致。古斯照顾这只大海雀之初就发现了这一点，但无论他也好，布坎南也好，都无法解释其中的缘由，只想着这是圈养或者宅居造成的不良影响。古斯后来才知道，眼前白斑消失不见以及头顶白羽增加，都说明到了企鹅繁衍的季节。

古斯不喜欢这种变化，这样的旺旺看上去像只普普通通的鹅。如果到了夜里，从正面就看不见它的脑袋了。想当初看它的正脸，它椭圆的双眼像是可怕的黑洞，不见半点光亮。那时的企鹅更像是一株枝干上长着两朵蘑菇的异域植物。发现企鹅变了样后，古斯那一整天几乎都在描绘它一点一滴的变化。他得为加尼埃工作，也为了科学和幸福生活，即便谈不上幸福生活，也得为自己和旺达谋生存。

但是，要想在斯特罗姆内斯勉强生存都成了问题。古斯原本还有些美好的设想，但自从见了埃纳尔森之后，感觉自己养企鹅这事惹了众怒，岛民已经形成了天然的共识：动物只能出售、食用，要么就干活。实际上如果不是遇到了旺达，古斯也赞同他们的观点：除非是那些能为家装增添浓郁异国情调又诗情画意的鸟类，如长尾小鹦鹉和鹦鹉。旺达可没有如此缤纷的色彩。就这样，一段时间以来，古斯走在斯特罗姆内斯的大街小巷上，路人们走过他的身边便不吭一声。女人们斜眼瞟他，眯着眼睛一脸狐疑。但凡和他说上几句的，肯定都是盘算着以双倍高价兜售他房产的人，而且这些人也不藏着掖着：再平平无奇的一把刀或者蜡烛，他们都能对着古斯报一个天文数字，即便不久前才以正常价格卖给了别人。古斯假装若无其事。不回应、不扩大矛盾算不得聪明，但他毕竟心里没底。很快，胆子大的人甚至问起大海雀。他们想要的当然不是答案，语气里隐隐透着威胁，嘲讽就更不在话下了。有一天，一个男人瞪着古斯，比画着扭鸡脖子的动作，然后双手抬高到肚脐的位置攥成拳头。他抵靠一堵墙，等着对门的古斯从杂货铺里走出来。挑衅过后，他笑了起来，露出烂牙间的条条黑缝。

夜里落单寂寞时，他也就去去那些外来水手经常光顾的酒吧，这些人可从未听说过他和他的企鹅。他这一辈子从未想过自己会成为整片区域人们的眼中钉。最早提醒他提防水手的布坎南起初以为大伙的敌意只是暂时的，谁料想就连布里奇太太也成了过街老鼠。那天一大早，她发现前门上钉了一只死掉的短耳猫头鹰。她吓得不知所措，浑身发抖，直喘粗气。古斯取下猫头鹰的尸体，洗手洗了半个多小时，内心却再无恐惧，反而萌生杀意。

他决定离开。如果再这样下去，他要么成杀人犯，要么被人杀害，最终也不过报纸头条的八卦而已。这一次，布坎南同意了。他建议古斯前往并不遥远的外赫布里底群岛，那儿气候宜人，他很愿意上岛看望古斯和企鹅。

"事到如今，你显然应该去个小地方，村镇之类不会妨碍任何人的地方。"

"你的意思是得找个旺达不会惹麻烦的地儿……"

"我是这么考虑的。你和企鹅到人迹罕至的地方生活，应该不成问题。"

即便是去外岛，也得做计划。加尼埃至今没有音讯，而古斯除了提前支取的回程款——必须留着——身上没有一个子儿。他只能写信求助自己的母亲。老太太虽囊中羞涩，走投无路的古斯也只能请母亲接济自己几个月，同时向她保证之后一定照数偿还。他解释说自己手头上有个大项目，金钱和名声都指日可待，而长久的分离不应该妨碍母亲对自己的信任：每一位伟大的探险家的身后都有一位盼儿归来的母亲，她们年复一年伫立在码头，久久地等待。古斯心里清楚，这个可爱的女人爱他、崇拜他，如果需要，她甚至可以为了他牺牲自己。当然古斯也是打心眼里相信钱和名声都会有的。

他得找一艘船载他到外赫布里底群岛。到外赫布里底群岛的船只很少，他想或许可以借道加拿大，他最终找到了哈德逊湾公司的货运船。十五天后，这艘货运船将承载一批苏格兰移民离港。这一天，古斯和布坎南聊了整整一个下午。有的时候，古斯感觉布坎南很想和自己一起离开，只不过缺乏勇气放弃眼下的一切。他们谈论旺旺，观察它，一起为它素描，并且基于观察，提出关于企鹅的理论，再延伸到对野生动物这个群体的讨论。他们花了很长时间讨论家养动物的行为习惯。两人都说到特别忠诚的狗。古斯想到卢梭：家养的狗死后，他一蹶不振。渐渐地，他们一边把企鹅当作家养动物来观察，一边想象着自己正和非洲或印度的猛兽周旋。确实也是，谁会了解老虎的家居生活？又有谁有本事让大象群聚？

布坎南从未见过长颈鹿（古斯倒是在巴黎见过），他无法想象长颈鹿是如何走路的。古斯描述说，长颈鹿走起路来像一根芦苇，布坎南脑海中便浮现出一根草在风中摇摆的画面，他想象面前有一幅版画，画上有一只长颈鹿在打颤，垂下脑袋，然后变成檐梯一般大的苍鹭。布坎南知道，现实中长颈鹿肯定不长这样。古斯无法想象犀牛的模样，虽然他看过文字，文字非常精准地描述了犀牛的外形，但他就是止不住地把犀牛想象成一只乌龟。无法知晓一只犀牛的重量和它行走时的呼吸，这让古斯很难受。触摸旺达时指尖的感觉让古斯的感受愈加强烈，古斯心想：近距离地触摸动物是非常必要的，如果不知道皮肤的厚度、毛的位置、羽毛的长度，人们就无法了解动物。他和布坎南一起编写了长篇的观察笔记，用于说明关于旺达的一切，或者说关于旺达的研究，希望这种方法将来有助于其他动物的观察和研究。

古斯与布坎南两人，无不赞叹地球的博大。两人越细想，就越是感叹地球之大无奇不有，其中似乎遵循着某种神秘的指令，鬼斧神工一般令人惊叹，却并非幼时被教导着要敬畏神明的那种感觉，而是造物遵循的原理更精妙，也更让人参不透。他们所见证的一切更像是出自一台机器的精密计算，有着自己的算法和逻辑，再借此推导出更多的算法，俨然如科学般严密，却无法解释。一个自成规则、遵循物理和化学规律的逻辑世界，一如水沸腾变成水蒸气，又似物体自然落地……物种的存在、植物的多变性等等，随着外界的变化而变化，又自成一体。古斯和布坎南想象不出旺达的先祖们是怎样进化到今天的模样的。有时候他们甚至纳闷：经历了几世几代，有一天旺达的先祖们醒来，突然意识到从今以后再也无法展翅飞翔了。

一天夜里，布坎南突然说："我们应该为旺旺找一个伙伴。"

因为他说的是英语，所以避开了尴尬的性别问题。

古斯则开玩笑说："可是旺旺是位神父，你看人家穿的可是神父装。"

"该说的都说了，你还想着断了它繁衍后代的路？这样你就开心了？"

"你自己亲口说的：如果我现在丢下它不管，它早晚被人放到平底锅里煮了，而不是安安静静地坐着孵蛋。"

布坎南激动得脖颈红到了双颊，他额头正中细细长长一片红印。

"这只是我个人的意见,"古斯继续说道,"我不想惹你生气,只觉得可笑,你怎么成天老想着找个伴之类的。"

布坎南的血液再次加速流动,涌到他脸上,像是一张滑稽的古老的航海图,两个巨大的板块分隔鼻子两端,顶端那一块儿又连着头发丝儿。

"你还好吗?"古斯问了一句。

"我要结婚了。我的意思是说,既然我们都如此……旺旺会不会孤独。"

"旺旺交配"这种话无论如何不可能从布坎南嘴里说出来。

听到这个消息,古斯有种很奇怪的感觉。他突然觉得自己写这本动物研究法的笔记很可笑。那感觉就像一个伙伴刚过了七岁生日,便说他已经懂事了,把六岁的自己和昨天一起玩得好好的玩具晾在一边。说不清,但古斯感觉被背叛了,布坎南抛下了自己、旺旺和他们共同的冒险。然而沉默了几秒后,他向布坎南表示祝贺,他还能做什么呢?

"到时你肯定会去加拿大看我们的。"他努力地让自己的语气听上去没那么丧气。

结婚,过上稳定富足的生活,然后再考虑生孩子……这都是顺理成章的事。虽然古斯想过让布坎南一改中规中矩的生活,稍微叛逆一些,但事实上,他从来没有想过要和布坎南带旺旺一起走遍天涯海角。布坎南放下心来,脸色复而苍白,保证说他会去加拿大看古斯和旺旺。他又说,地球上的每个人都必须履行大自然赋予他的使命,而他自己,就像将来某一天的古斯或者旺旺一样，都得结婚。他说完又红了脸。

布坎南离开后，一切照旧：系上绳子、拴住木桩、划小船、深入大海、返回海滩、重新拴上木桩，古斯掌舵。然后一个白色的还是黑色的东西，照着他的脑袋狠狠地砸过来，古斯随之摔倒，肩膀又挨了一块石头，他感受到了威胁。脑袋昏沉如睡意袭来，又似耗尽了呼吸，他整个人瘫了一般。他尝试挪动自己的腿，却如铅重，完全无法动弹，又试图伸手摸摸自己的额头，仍然瘫软。一幅幅莫名其妙的画面在他脑海接连浮现：仿佛有一根根管子在他脑中扭结，扭曲的血管在他脖颈内缠斗。最后，他睁开了眼睛，眼睛似乎能听到一般，生疼的头颅里回响着旺旺慌乱的惨叫声。

沙岸上有一个人在逃窜，顶着一只流血的耳朵弓着身子将旺旺藏在怀里，不断躲避着旺旺的攻击。但他失策了，怀中的大海雀挣扎着求生，它没想到此人并不会杀了它，否则刚才他就动手了。那人摔了一跤。而古斯仍旧瘫倒在原地，怒目圆睁，他猜到那人是埃纳尔森。他认出了对方的粗布水手服和棕色的直发。旺旺挣脱对方的怀抱，机敏地突然冲向小船，然后转向沙岸，胸口前探，腹部朝后，张着嘴尖叫。埃纳尔森知道如何杀死企鹅，但不知道如何活捉暴怒的企鹅，尤其它还拿嘴咬他，拿爪子挠他。尽管如此，他仍然奋起直追。

古斯终于支撑着爬了起来。他把右腿靠在船身上，试图站起来，又跌了下去。等他终于站起来，他没有看到旺旺的踪影。他眼前晃着黑线，隔着碎玻璃一般看不清任何东西。左岸那边，埃纳尔森在岩石前来回踱步。古斯拿船桨做拐杖，蹒跚着逼近对方。在此之前，他从来没有恨过任何人。

埃纳尔森遭了一记闷棍，旋即倒在岩石旁的一摊水里，张嘴朝天，耳垂的裂口又开始流血。古斯等着躲在岩缝里的旺旺走出来，自己随之仰面瘫倒在地，和埃纳尔森隔着一段距离。

企鹅唤醒了古斯。它轻轻地啄他的鼻子，并不痛，它只是拿喙衔住他的鼻子，让他短暂地停止了呼吸，它便卸了力。事实上，也正是呼吸暂停救了古斯。第二天醒来他会发现，小家伙蹭过的地方有两个蓝色的小洞。古斯苏醒后，不想惹上警察，便想着去看看埃纳尔森的情况。埃纳尔森应该没死，因为沙岸上已不见他的踪影。当然还有一种可能，海浪卷走了他的尸体，但这不太可能。

旺旺和古斯一起站在海边，很久一动不动，相互也没有任何的触碰。男人抬眼遥望天空，大海雀站立，直直看向地平线。古斯知道，除了第二天动身之外他别无选择。他们不知道等待他们的将是什么，甚至连目的地都不知道。就这样，他来到了法罗群岛，之前从未考虑过的地方。

II

他学会了吃鲸鱼，伴着云卷云舒般的海浪，在这片幽绿又深沉的土地上奔跑。他驾船出海，有一天亲眼看见一头逆戟鲸吞下了离岸不远的海豹。他心想，如果旺旺不和自己在一起，而是和这只海豹一样来去自由，也会像它一样被吞得骨头都不剩。

他的目光从没离开旺旺，手中的笔也总为它素描，字里行间无不关于它。他的旺旺的每一个动作都是同类企鹅的注解、特征和档案。1836年，他对巨型企鹅的了解甚过地球上任何一个人。他与加尼埃保持通信往来，随时向他汇报情况。加尼埃最终也接受了目前的状况。反正里尔也没有动物园，古斯绝不可能同意把他的大海雀送到巴黎植物园。

古斯在法罗群岛恋爱也结了婚。如今他俨然一个法罗群岛岛民。他的妻子艾琳波和他一起照看企鹅。古斯总觉得无论妻子还是企鹅都是陌生种类，企鹅这种大海雀说鸟语，妻子艾琳波则说丹麦语，而他还是没办法完全听懂丹麦语，当地的方言他说起来也是磕磕巴巴。妻子是这片土地上土生土长的人。在这里，一望无际的天空与茫茫海洋相接，一如层峦叠嶂的亚马孙一般让人窒息，看不到尽头在哪里。有时艾琳波睡着了，他细细地端详：她健壮而美丽，发丝细如旺旺的羽毛，璀璨如金丝雀的羽翼。睡着时她的手指仍攥着肩膀下面的床单，掌心泛红，手背如通体的肌肤般雪白，到了夏天便由着海风吹成古铜色。

睡梦中，艾琳波的嘴唇微颤，她是古斯所见过的最泰然也最脆弱的人。他想知道她梦见了什么，又想象着怎样的风景……她只见过刺骨寒冰上拔地而起的悬崖峭壁，她从不知道茫茫草原之上一波一波的草浪没过双脚的景象，她不知道什么是森林，甚至不知道树木，因为群岛没有树木。艾琳波离开了岛上最大的袖珍小城托沙文，来到了这个只有十户人家的村庄，为了古斯和旺旺。尽管走出家门就是海岸，古斯还是和艾琳波一起圈了一块地，造了个池塘。到了夜里，古斯继续带上企鹅去海里游水。

岛上的沙子是黑色的，比奥克尼群岛上的石子舒服多了。每一次，当他走在油汪汪的泥泞地上时，他心里就想，如果艾琳波能看看法国美丽的海岸……比如敦刻尔克透明的白色沙岸，在夏季整日整日湛蓝的天空下闪闪发光，这是妻子如何也想象不到的。几个月来，古斯和旺旺走在沙岸上已经形成了一道独特的风景，有时旺旺在前，古斯殿后，有时旺旺尾随古斯。大海雀也有自己的特长，它看过古斯没有领略过的风景，比如大海有多深，比如鲸鱼投映在水下的巨大的阴影，比如鲱鱼云集，波谲云诡……关于这些，艾琳波就比古斯熟悉得多。旺旺游水时，古斯并不担心它瞎跑，便自己睡上一会儿，或者拿出一本书，而系着旺旺的绳子的另一端系着他的脚踝。他背靠长草的土堤，打了桩后盖一层篷布躲雨，等旺旺回来。

有时候他也疑惑，旺旺在他眼中仍然只是一只企鹅吗？他还是把它看作鸟之类的全然陌生的奇异生物吗？尽管他已经猜得透它的行为和表情，仍不足以让他充分地了解它……但是，他一门心思在它身上，有时都感觉自己就是旺旺，旺旺就是自己，彼此是对方的延伸。靴子一般高的长毛的小玩意儿，跟在他脚边和他一起进进出出，对古斯而言如同戴帽一样自然。对着这只走起路来歪歪扭扭的家伙说"去吧""来"，就如同出门时为艾琳波开门一般寻常。

古斯能够对旺旺感同身受，虽然这么想很可笑，他也从没和谁聊过这事，无论口头还是通信，尤其不可能告诉加尼埃自己对企鹅的共情。旺旺赌气时，便一动不动地站着，爪子抓地，眼睛半闭，像是在报复，又胜券在握的感觉。古斯各种好言相劝都是白费功夫，大海雀在原地站定，怒气冲冲。如果古斯像个没事人一样照样拿出素描本，正襟危坐的旺旺就会瞬间瓦解。它故意摆出石化的样子，就跟受罚的孩子把自己锁在屋里不吃不喝一样，递给它一托盘的食物它碰都不碰一下。古斯为了哄它，打开围栏，想着带它到海边，它肯定抵挡不住游水的诱惑。谁知大海雀回头看着古斯挪动脚步，像是有生以来从没见如此愚蠢的生物一般，投来一个确定无疑的蔑视的眼神。

然后，旺旺懒洋洋的，更可恶的是它竟然屈尊一般漫不经心地走在通往海边的小路上，直着脖子仰着嘴，完全不像他高兴时那样嘴巴和地面平行。然而它根本没有意识到，嘴巴朝天让它本就摇摆的身躯越发地笨拙，失去了平衡，却反而显得憨态可掬。古斯心想，既然这么可爱，不如由着旺旺一直生气吧。然而，一分钟后，动人的大海俘获了旺旺，一切都被抛诸脑后。

这是古斯在法罗群岛度过的第二个七月，一天早晨，旺旺尖叫不断，古斯首先猜想会不会是又有老鹰从围栏上空飞过，吓坏了旺旺。上一次旺旺就躲到了谷仓，怕老鹰把自己叼走。但那天早晨，旺旺并没有躲起来，而是扑腾翅膀，准确地说，它在惊慌失措之中大幅度地前后摆动翅膀，就像狼在呼唤或者警告自己的同伴时那样：仰头向天号叫，似对云说话。古斯担心旺旺狭窄的胸腔因为急剧的收缩导致窒息。

旺旺见到古斯的第一眼便冲向他，在他小腿上啄了一下，旋即回到围栏那儿打转。古斯想逮住它，没成功，反而被旺旺咬了一口。周遭风平浪静，什么都没有发生，空中没有危险而残忍的猛禽，海面上看不见鲸鱼，附近甚至没有吵闹的孩子（旺旺不喜欢孩子）。旺旺的叫声惊动了邻里，一个邻居怒气冲冲地走近了围栏。古斯赶紧道歉，这个叫作雅各布森的邻居是村里的水手，他看着古斯，对他的无能感到错愕，后退一步后耸了耸肩，站在那儿看他徒劳地想方设法安抚大海雀。古斯发现了，如果法罗人觉得对方在发疯或者浪费精力和钱，几乎不可能出手相助。

这期间，旺旺还在尖叫，古斯一直追。雅各布森直勾勾地盯着企鹅，一言不发。气急败坏的古斯让雅各布森帮忙，雅各布森难得开了金口：

"你应该从侧面抓住它，抓住它的脖子。企鹅不会拐弯。"

古斯的丹麦语水平足够听个大概，而且雅各布森指着自己的发卡比画了两下。这让古斯更恼火，因为很明显雅各布森就只说这简单的一句，不会再帮更多了，他不觉得自己有义务跟在大海雀后面做示范。古斯泄了气，放弃了。

"这种大海雀很古怪。"法罗人又说话了，"很久以前，海里有很多。我甚至想着抓几只试试，但别人说这玩意儿很邪门，可能这就是再也没有见过它们的原因吧。"

他转而又说："但这旺旺……另外，我在冰岛也见过这种大企鹅。"

"但巨型企鹅确实很少见了。我自己都没料到它能在陆地上存活这么久。"

雅各布森点点头，表示赞同。

"你们为什么觉得大企鹅很邪门？"

"出海捕企鹅的时候，企鹅会呼风唤雨。但一旦上了岸，它们就没有办法了，所以现在再也见不到这邪门玩意儿了。"

古斯之前就听过企鹅邪门的描述。周遭突然安静下来，空中没有老鹰盘旋，眼前的大海也宁静，只有旺旺还在惨叫，古斯被它折腾得心烦意乱。

——"你别见怪，我觉得你这只大海雀可不像女巫那么邪门，更像只鸡，打鸣的鸡。它也许是我这辈子见过的最后一只企鹅了。"

旺旺还在打转，速度越来越慢，然后停下，耗光了力气。雅各布森耸耸肩，起身，那感觉像是刚看了一场有趣的表演或者巡回喜剧。他对着古斯鞠了一躬，一根手指轻点帽檐，古斯原样比画一番，而旺旺则远远站着，面对古斯，似乎想在几分钟之内恢复体力。

一小时后，古斯明白过来，旺旺听懂了或者猜到了两人之间的对话。山岭里又起了风啸，只是没了旺旺的叫声。旺旺早已躲进了谷仓，不吭一声。山坡上有人正徒手给羊群剪毛，一团团羊毛连着带血的皮纷纷扬扬。村子里一年一度的剪羊毛运动又开始了，"羊绒雨"倾泻而下。一阵狂风横扫，将一团羊绒扫到了古斯的后颈上。远远看去，像是一瓣瓣的蒲公英随风飘扬。古斯从发根上取下坚硬的黏稠物时，血块流到他脖颈处，染红了他的衣领。

此时放眼望去，大海血色点点。古斯很想匍匐在地，捂住自己的耳朵，仿佛周遭有迫击炮轰鸣一般。他刚被活羊带血的羊皮恶心到了，感觉嘴里有一股脂肪腐烂的味道。不用问，他都知道艾琳波现在肯定在闷头收拾屋子。他心想这辈子都不会买这座岛上产的羊毛披肩，心里甚至埋怨妻子生在这片蛮荒之地，她甚至对此毫无概念，而是像一棵植物不断地在野蛮生长。去年的时候村子里的人应该是换了个更远的地方剪羊毛——至少大伙还这么说：剪羊毛，在那边羊更自由一些，还能吃吃草。明年到了剪羊毛的季节，都不知道自己和旺旺能逃到哪儿去避难。

　　白昼将尽，一片寂静。几个小时前，他到谷仓找旺旺。天还亮着，如此折腾一番，羊群竟不闹，正轻声咩咩。艾琳波对着岸边叫唤，以为古斯准点带上企鹅去海里游水了。这一整天，旺旺都离古斯远远的。进了谷仓后，只见一只箱子边上有两束微光——旺旺躲在那儿，眼中写满了不信任，显然，人类让它失望了。古斯并不靠近打扰它，他理解它，甚至赞同它。

　　他在托沙文见到艾琳波时，她还是个年轻姑娘，住在公务员叔叔家里，照顾他们一家，那时他就爱上了她。古斯上他们家吃饭时，艾琳波总说个不停，问古斯很多问题，关于法国，关于博物馆，关于一切……她说话问问题时提高了声量，眉毛上扬，或者突然皱起眉头，她需要好好地消化古斯所说的一切。艾琳波的父母都是岛上的农民，在这座孤岛上务农也算体面了。

　　托沙文这座城市阴沉而贫穷，狭窄的街道甚至容不下两匹马同时经过。房屋——除了市政建筑，都是木板搭建的小屋，总在风中飘摇。当地的居民相貌堂堂，也都友善。最初上岛时古斯只觉得可怕，但十天过后便爱上了这个地方。这儿的美说不清道不明，或许因为点滴之间充满戏剧的张力，引人注目，又或者是怪石嶙峋搭配上广阔无垠，让人感觉这儿的人们仿佛平原般坦荡，仿佛岿然不动的岩石般坚定。

　　曾经有一个男人非常严肃地对古斯说自己是海豹的后

裔。这是家喻户晓的事：这男人的一位先祖看见一只海豹上岸变成了女人，两人一见钟情，他把女人救回家，把她留在岸边的海豹皮带回去，放在一只箱子里，然后两人结婚生子。有一天，这位先祖出海捕鱼，隔了很久突然想到自己把箱子钥匙落在了家中。妻子用钥匙打开箱子，穿上海豹皮回到了大海。这男人娓娓道来，像在说自己父亲在托沙文做过生意或是自己女儿刚结婚一样，语气特别自然。而古斯越听呼吸越慢，他不知道是因为旺旺还是艾琳波的缘故。

结婚后不久，他们就搬到了艾琳波老家所在的这座村庄。这片火山地映得艾琳波那月光般皎洁又白皙的脸庞如宝石闪耀。古斯心想，自己竟然遇到了这样一位天真烂漫、聪慧又健壮的精灵。艾琳波是那种立于悬崖之上直面风暴而岿然不动的女人，风暴从四面八方撕扯她的裙裾，她的长发在风中凌乱，但她整个人包括她的双腿、双臂以及挺直的胸膛则纹丝不动。古斯喜欢她的宽髋骨。夜里躺在床上，他把手放在她的髋骨上，用自己的臀部抵着她高高的臀部，带着安全感入睡。

村里一年中有好几次节庆。每到节庆，人们遵循古老的习俗，跟着两三次变调的乐曲，跳着慢节奏的法兰多舞。那曲调如钢铁硬朗，却悠扬婉转。

安顿下来后，古斯很快就展开了工作。加尼埃希望古斯继续企鹅日记之余，再研究研究远北地区的动植物群。不到两年的时间，古斯已经在海豚、海雀、小型企鹅（一种会飞的企鹅)和羽翼退化的大型企鹅相关的杂志上发表了不少文章。偶尔他也应邀参加科学会议,但频次不高。他不太愿意离开旺旺和艾琳波。旺旺和艾琳波不在身边,他觉得自己非常渺小,整个人仿佛只剩一副躯壳,脚上沾了莫名奇怪的东西,像戴上脚镣一样,迈不开步子,很空虚。衬衫上的活硬领勒得他脖子发紧,蹭在皮肤上还难受。他见过的女人每一个都那么无趣且乏味,完全不能和艾琳波相提并论。艾琳波可以穿着衬裙驰骋在山岭间放羊,她会和他讨论物种的变迁,知识储备赶得上一本拉马克①。

那年秋天,古斯不得不去丹麦。他在哥本哈根大学认识了克罗尔,克罗尔在挪威经营着自己的私人动物园。他仅比古斯长几岁,却已经云游四方。当时他在等一笔拨款,筹划着到日德兰半岛普查丹麦水域的所有鱼类。这和古斯的研究很相似。在哥本哈根大家都说法语,古斯终于可以说自己的母语。但他多少有些不习惯说法语,尤其是大声说法语。和丹麦人说法语超出了他的负荷,法语的发音近似于唱歌、吹口哨,舌头都在打结,像是气流不断在冲击门牙。

古斯和克罗尔说起旺旺,克罗尔对此很感兴趣。但他也向古斯坦承自己已经很久没有见过巨型企鹅了,或许怪他自己去错了地方,或许正如古斯所言,巨型企鹅逃到了更远的

---

① 拉马克(Jean-Baptiste Lamarck,1744—1829),法国博物学家,生物学奠基人之一。他最先提出生物进化的学说,是进化论的倡导者和先驱。主要著作有《法国全境植物志》《无脊椎动物的系统》《动物学哲学》等。——译者注

北方。无论如何,所有人都清楚巨型企鹅的数量在减少。按照克罗尔的意思,现在巨型企鹅的数量刚好,有助于生态的平衡。古斯听了很反感。克罗尔的表述或多或少有点愤世嫉俗,或者说过于悲观,他认为任何物种的消失都有助于物种的进化,这样反常理的论调让人很不舒服。古斯的胸口堵得慌,他也说不上来克罗尔有什么不对的地方,但总感觉他事不关己,任由事态发展,就好像他知道即将发生瘟疫,而且四分之一的人都将因此受害,他却在那里庆幸伦敦、巴黎、哥本哈根的街道终于不再拥堵。

古斯回到家,发现家里闹翻了天。旺旺在闹情绪,它不信任甚至敌视艾琳波。它倒也没咬她,只是拿嘴戳她,幸好它当时没张嘴。她一靠近围栏,旺旺就躲起来,或者背对她,仿佛看她一眼都觉得是在亵渎自己。当着艾琳波的面,旺旺绝不吃她准备的鱼。艾琳波气鼓鼓地说它讨厌自己。实际上,旺旺之前很喜欢艾琳波。古斯丹麦之行前,艾琳波走近围栏,旺旺便扑进她怀里。她看它在水塘里游水,被它逗得哈哈大笑,有时她也和他们一起到海边。那时候,古斯甚至觉得旺旺整个儿变了,他觉得它在刻意表现,它精彩的入水动作都是为了博得艾琳波的赞赏,等它回到了岸上,便坐在他俩两米之外的地方,那样子像是野餐时并排而坐的三位密友,无话不谈也心照不宣,正对着寒风凛冽的悬崖。

但情况突然变了。古斯一到,旺旺就冲到他膝前叫唤,然后迅速地跑向围栏口。古斯带它到海边,艾琳波跟在后面,没人留意到她,再也不可能出现"一家三口野餐"的画面了。古斯因为丹麦的经历，更加确信自己的研究非常重要，仿佛首次接触一般全身心地投入研究之中，完全顾及不到自己的妻子，而大海雀也盼着艾琳波自己走开，它正等着和想念已久的古斯单独相处。

古斯从海边回到家时，艾琳波正在炉子旁忙前忙后，拿着火钩子捅炉灰，把柴火理顺再掉个头。古斯心里嘀咕，看她这样子大概从没烧过柴。他走到她的身后，手落在正弓身的艾琳波的脖颈处，指尖摩挲她的锁骨。他蹲下来，她那灵蛇一般盘绕的发髻落下几根发丝，粘湿在她的皮肤上。艾琳波却抖肩避开他，起身寻了一根柴火，拾起火钩子继续无意义地重复。

"你可以上桌了。"她说着，拿起一只汤碗，一只餐盘的陶瓷边碰到木桌发出声响。

仅此而已。至少一开始什么都没有发生。

"你是不是想找旺旺，我可以替你去找它。"她多说了一句。

古斯终于明白了。等他落座，他知道他和她之间出现了全新的变化：两个人真正意义上的第一次争吵。

他想道歉，但一时间他竟然不知道如何开口。

"既然企鹅那么想你，你可以和它一块儿睡。"艾琳波叹了一口气。

古斯想表现得尽量体贴一些，但他一个字都说不出口。站在他面前的这个女人，被火光映得双颊通红，不似他习惯的艾琳波。她并没有让他感到害怕，甚至没有让他反感，她只是变了,变成了另一个陌生的人。他不知道该怎么办。

"你没有什么话要对我说?你要一直这样什么都不和我说吗?哦,真是不好意思,我竟然没有羽毛,对于大学研究什么的完全不感兴趣,如果你想的话,我可以学企鹅咕咕叫。"

艾琳波的拳头紧握在胸前,她抬起手肘,树桩一般前后拍打自己的胸口,发出越来越刺耳的啪嗒声。然后,她像出演滑稽的闹剧一般,突然间扯破了嗓子大声嚷嚷,绕着椅子转圈,鼻头朝前,拳头不断地拍打自己,屁股朝后。汗水从她深红色的额头冒出来,袖口不断地上下晃动,摩擦着她的脸颊,突然,她停了下来,一声不发。她庄重地坐在那儿,恢复了往日的姿态。

"好吧,朋友,说说你在哥本哈根都做了什么?"

古斯在吵架方面是个新手,他确定艾琳波没有讽刺自己,便咽了一口口水,向她道歉,一脸的天真和无辜。

艾琳波是在听,但她无动于衷地任由他的一字一句落在房间的地板上,还不如一个从盘子里滑落的鸡蛋让她上心。古斯说到克罗尔的动物园时,她疲倦地耸了耸肩。当他告诉她丹麦人去希腊旅行的事时,她抬起眼睛望着天空。当他告诉她,大家非常看好他发表的一篇论文时,他看见她哭了。

古斯吓到了,他从没看见过艾琳波哭。这是第一次有女人为他哭泣,他心里竟然有一丝骄傲。整个过程使他着迷。他看着艾琳波的脸庞在变化,因为哭泣扭曲的五官看上去更为复杂,凌乱的面容上滚下泪珠,可是她的眼眶如何就汇集了那么多的泪水？他心里默数着时间，等她的鼻子变红、鼻塞、流鼻涕。艾琳波的头发丝似乎也因为悲伤而变得稀疏了，他的意思是，她的头发乱七八糟地粘满了她湿答答的额头。

一阵碗盘撞击声中，艾琳波起身，奔向楼梯，终于上楼进了自己的房间。他觉得自己既愚蠢又残忍，便跟在她的后面，心不在焉地踩漏了台阶。他扑倒在她的跟前，脑袋靠在床架上。艾琳波躺在床上，晃着双腿，眼睛盯着天花板，没看到他滑稽的跪姿。他请求她原谅自己，她当然会原谅他，他们深爱着彼此。

是因为古斯突然归来吓到了旺旺，还是旺旺太想念古斯？反正回来后的第二天，古斯去看旺旺，旺旺躺在围栏的一个角落，动也不动地蜷缩在那儿。古斯来了，它看也不看一眼。十一月的风对着它脑袋上的毛直吹，吹乱了它的背。古斯走过去，抚摸它的脖子。大海雀一副事不关己的样子。古斯把它抱在怀里，发现它身体瘫软的，心想这不会是发烧了吧。古斯把它放到地上，它又无精打采地躺着，任风直吹。古斯放了一条鱼在它面前，它仍旧动也不动。他用手指轻叩它的脑门，看看旺旺有没有一点儿反应。但旺旺聋了一般。

动物难受的时候会叫出声吗？动物在埋怨的时候，能让人类明白吗？古斯无法回答这个问题。他打过猎，也在农场见过各种动物，他养过狗，逗过猫。他的狗也从不抱怨。而这些企鹅，在子弹射穿它们之前都很健康。古斯对生了病或者垂死的动物一无所知，他当时甚至不确定旺旺到底是生了病，还是快死了。难道旺旺其实只是忧伤？动物会有情绪吗？会的，有时狗就这么忧郁而亡。但企鹅会吗？旺旺在和艾琳波闹别扭，古斯很清楚，旺旺有感情，它有自己的性格，它会有意识地喜欢或者讨厌。

古斯把它带回家。他想把它放在一个温暖的角落里，看着它，这只软绵绵的大海雀把自己的嘴埋进脖子和胸脯之间。风裹挟着古斯，将他的帽子吹到了后脑勺，吹乱了大海雀的羽毛。艾琳波内心是抗拒的，但她没有阻止旺旺进屋，甚至有些可怜它。或许她和旺旺会和好的。事实上，她看着他们一起进了屋，古斯把旺旺放到艾琳波的怀里，旺旺也没有一丝反抗的意思。抱着这软绵绵的小身子，艾琳波那零星半点的嫉妒也一扫而空了。旺旺也没有力气去胡思乱想。古斯和艾琳波把旺旺放在一只铺好衣物的篮子里。旺旺终于难得地用正脸看着古斯了。

古斯从没见过如此无精打采、面无表情又听话的旺旺。它的两只眼睛泛着奶白色，蒙上了水雾一般。粗糙的羽毛感觉都快掉光了。只听它虚弱地呜咽着，像被篮子的柳条划破一般，随后便几不可闻了。它直勾勾地看着古斯，似乎正疑惑着到底发生了什么，为什么他看上去那么筋疲力尽。艾琳波沾湿了手想要抚平它凌乱的背羽，它接受了。古斯心里咯噔一下，怕它就这么死去。他从艾尔迪岛上救下它的那一天起，他就要对它负责到底。大海雀用自己的方式信赖着古斯,也接受了和他一起生活的全新模式,愿意听他的话,除非古斯同意,旺旺绝不会擅自去海边。将心比心,古斯也得一直守护它、喂养它,让它活下来。

然而,古斯背叛了它,大海雀也说不清什么算背叛。旺旺难以置信的错愕眼神说明了一切,它在质问他:为什么抛下我?你就是我全部的意义……在此之前,古斯一直以为大海雀能够清晰明了地通过自己的动作传达情绪:比如去海边时它会十分雀跃,当它笔直地躺睡或者蜷缩时则整个儿安静,天空突然掠过雄鹰时它会恐惧。即便他不在它身边看着它,也从不担心它在做什么、想什么,从不会考虑它会不会怀念相遇前自己曾经生活过的大海。对古斯而言,旺旺就是旺旺,一只叫作旺旺的企鹅,他人生中无可取代的独特的企鹅。他知道,每到夏天,旺旺眼睛周围准会出现斑斑点点,他清楚地记得它们的形状;他了解它趾间蹼确切的颜色,有时蹼上覆盖着一层白垩。

但是,旺旺理解男人是男人、女人是女人吗?它知道艾琳波是一个女人吗?它看到房子时会以为那是巢穴或者岛屿吗?不说别的,旺旺对于自己的外貌没有丁点儿概念,它甚至不知道自己是一只企鹅,不知道自己一身黑、肚皮一圈白。也许旺旺觉得自己是企鹅中的另类,又或许它根本不认为自己是企鹅,而是人类。另外,它似乎还有别的想法?古斯跟它说话跟吊嗓子似的,生怕它听不到。他听不懂企鹅在说什么,企鹅也不明白他在嚷嚷什么。但古斯相信他俩之间心有灵犀,茫茫词海中,他俩有共同的语气、语调和节奏。

旺旺怎么就不能自认是人类了？古斯怎么就不能自视为一只企鹅呢？旺旺究竟会不会忧伤或者快乐？按照古斯的理解，仅仅是幸存下来就足够一只动物庆幸了。但自己养的这只大海雀完全没有意识到：围栏挡住了海里游来游去的危险鲸鱼，而古斯则庇佑着自己——日常的饮食保障以及不得不说的安全问题。但这样一来是不是牺牲了旺旺的自由？古斯并不确定。

古斯的手悠悠地轻抚入睡的企鹅，温柔地游走它的全身。大海雀睁开眼，眼底黯淡无光似无底黑洞一般。它等待着古斯去它心底探寻和深究，而面对无缘无故近在咫尺的死亡，它不做无意义的挣扎，也不躲闪。该来的终究会来。

艾琳波把鱼剁碎了，然后和古斯一起扶住旺旺，掰开它的嘴将碎肉塞进去，按摩它的脖子，帮助它消化。古斯守了它一整夜，坐立难安。大约凌晨四点，旺旺发出了一个声音，不似叫声。古斯立即冲到它跟前，靠着篮筐坐下。旺旺的眼睛又变回了栗子色，眼白也恢复如初。古斯蜷起双腿，将篮筐圈在其中，背靠着墙。大海雀还在睡，也许是在做梦。古斯轻柔地拥它入怀，脑袋靠向它的羽毛，海藻腐烂的味道扑鼻而来。他摸了摸脸颊——还是胡须，又贴了上去。

古斯醒了。他感到头皮那儿有个异物在摩擦，感觉像块平滑的石头，但感觉有点尖，因为那玩意儿正一根一根地拨弄他的头发丝儿，不痛，但刚好把他弄醒。那时他的脑袋枕在筐边自己的手肘上，触不到筐中的旺旺，他怕压到它。醒来后，他扭头看见它的长脖子在动，脑袋却抵在他的太阳穴边上。原来是旺旺在温柔地梳理他的头发,就像自己给它梳理羽毛一般。旺旺在给古斯理发,在它换毛的时候,古斯也曾这样为他的企鹅朋友服务:挑除无用的旧羽,抚顺新羽。

旺旺病了，又痊愈了。因为强烈的情绪伤了身，又或者是因为微生物入侵，旺旺差一点儿就死了。

旺旺康复期间，每到傍晚，古斯独自走到海边，极目远眺大海的尽头。古斯琢磨着，沙漠和大海也差不多吧，无尽的虚无，或者说充满着无尽的无益于人类的物质，但人在这样的地方反而自在，虽然这里太过空旷。准确地说，仿佛一支箭射穿了一只气球一般，他的身躯似乎也中了箭，整个人泄了气，废物一样可怜兮兮地瘫在那儿。

这一刻，古斯感觉自己轻如花粉，渺小却突兀。他知道自己就和鞋子右边平平无奇的任意一颗石子一样同属于这个宇宙。他像那远处的浪花，撞碎又在别处重塑，重塑后却已是另一朵浪花了，又或者像山上的一棵无名的荒草，普通地兀自生长。这样想来，人类之于这个世界毫无必要，世界独自呼吸着，不依赖于任何人的存在。早在人类之前，世界已然存在，之后也将继续存在。人好比尘埃一粒，什么都不是，什么也留不下：无论姓名、味道、习惯、品位还是多变的个性。说来也奇怪，转念一想，古斯反而更自在、更肆意，他愿意像那浪花，愿意与黑沙上飞舞的苍蝇为伴，乐于与这个不作回应的无限宇宙探讨，他感到无限渺小、更加谦虚、与万物平等。

古斯每晚都要到海边反复地体味这从未有过的振奋的感觉。偶尔有时这种感觉变了味，环绕他的并非全然的新鲜感，而仅仅只是海面上稀疏的地平线、拍打的水波、机械的风声与潮起潮落，而非有记忆点的独特风浪。这时候他便审视内心其他的、难以捉摸的蛛丝马迹。他看到近海有一只海鸥在捕鱼，琢磨着海鸥的喙撕裂鱼、断了它的呼吸时，鱼在想什么。这条鱼有没有疑问，为什么周围成百上千的鱼，偏偏自己中了招？如此小概率的偶然决定了它的命运……它是不甘还是接受？因为从古至今，命运从不偏袒谁，无论鱼还是海鸥。

每每这种时候，古斯便想到旺旺，旺旺已经很久没有尝过活鱼的味道了。它脱离了自己的同类，也不再熟悉海洋。旺旺本该穿越海洋，选择一座土壤结实的孤岛，完成自己繁衍的任务。它会完全遵照自己的方式去爱自己的孩子，和其他巨型企鹅一起穿过茫茫大海。而现在的旺旺，如果它死了，除了古斯和艾琳波，还有谁会记得它？两个人类的记忆能和同类的记忆相提并论吗？如果旺旺同类的数量在锐减，古斯又有什么权利隔离它、让它无法完成种群的繁衍？

就在古斯出发前往奥克尼群岛之前，居维叶[①]发表了一篇关于渡渡鸟的文章，渡渡鸟已经灭绝了，但不得不承认：曾经生活在毛里求斯岛上的这一鸟类和旺旺之间有着惊人的相似之处。两种鸟类的羽翼都已经退化，舒适的生存斩断了它们飞行的能力：一切近在咫尺，一切都给定了，又何须飞行……古斯很怕旺旺最终也走向这条灭绝的道路。

不，渡渡鸟是一个例外，一个意外。古斯转念想道，动物不可能死光。地球如此丰饶。当然，在过去，猛犸象、巨爪地懒——体形等同于乳齿象的巨大树懒——都已经灭绝了。巨兽自然逃不过进化，也逃不过天降的横祸。有的时候仅仅只是生存环境发生了变化，一个物种进化得更为灵巧，繁衍得越来越迅速，而有的物种却相反。但就是如此熙熙攘攘又如此平衡的大自然，才使得人类最终没有走上灭亡的道路。另外，地球如此广阔，或许在太平洋中部的某个地方，或者在极冷的南北两极，我们以为已经灭绝的物种幸存了下来。

当然从逻辑上讲，物种的数量在减少，排除不可控的因素，这意味着下一步就是灭亡。古斯想到这，眼前仿佛横亘着一堵高墙。在生态平衡这一庞大的系统面前，没有特例。最终，日落时分海洋的荒芜以及旺旺的病让古斯生出念头：送旺旺回到同类的身边。一切归属于这个比他们更大的世

[①] 乔治·居维叶（Georges Cuvier，1769—1832），法国古生物学家，建立了"灭绝"的概念。——编者注

界,或者仅仅是因为他希望它好起来。

这期间,古斯和布坎南一直通信往来。这个苏格兰人正考虑在阿伯丁甚至爱丁堡定居。他的妻子再也无法忍受奥尼克上离群索居的状态。但大多数时候两个人都在讨论旺旺,或者古斯的工作。布坎南读了古斯发表的论文,他写信给法国人:

你知道吗?1816年,北极熊在冰岛,吞掉了岛上所有的狐狸和小鹿。我猜,可怜的冰岛人发现岛上只剩自己和海豹了。说不定旺旺在那儿也不错,你的妻子喜欢冒险,既不怕孤独也不惧严寒,依我看,她到了冰岛应该也会生活得很愉快。到时我也可以上岛来拜访。反正家人在城市里,生活很方便,娱乐也丰富。即便我出游数月,应该也不至于念叨我。

况且平日里我出差的情况也比较多。我在加拿大长见识了,当然也有惊悚见闻:之前还是你和我说起过长颈鹿,有一天我发现自己旁边站着一只巨型动物,有三头牛那么大,我看着它脑袋后面一袭斗篷样的毛皮,披肩一般斜搭在肩头,像极了歌剧院里的老妇人。接下来是惊悚见闻:我目睹了整群巨兽入水穿河的过程,完全无法忽视的庞然大物艰难地逆流而上,对,它们在激流勇进,刚越过一波水浪或被浪头按下,就被设陷的猎人割了喉,而我就在它们身边。

设陷捕猎似乎是家常便饭,但亲眼目睹血流成河的场景，眼睁睁地看着动物挣扎求生又无助无望的样子，人类还能下得了手，这合理吗？就因为人类更强大？我做不到。当时很自然地，我想到了旺旺，进而又想到了你们赴冰岛的可能，旺旺到了冰岛就有了同类，应该会生活得很幸福，你也可以一起保护它们，反正保护一只企鹅是保护，保护十只也是保护，你觉得呢？

古斯当然不想去冰岛，也不可能办企鹅农场。但布坎南的提醒也在理。旺旺有权和自己的同类一起生活，这样一来它们的种群就可以繁衍下去。古斯想象着鹅卵石和海洋交织的诗情画意中，自己的这位朋友和伴侣颈部纠缠，双腿和肚子间护着亮堂的棕色蛋，口中的鱼同时滑入咽喉。

在大西洋的这个角落，并没有那么多地方适宜企鹅繁殖。细细一想就能发现，选择很有限。确实还有那么一个地方值得一试，那就是圣基尔达群岛，而艾尔迪已经变成了企鹅的乱葬岗。时不时就有水手称自己见到了企鹅。想到这儿，古斯似乎又看到了世界重新运转。仿佛上一秒还在因为企鹅数量减少而偏离轨道的地球仪正从另一方向恢复，地球仪都是这样的。要想在冰岛遇见旺旺真正意义上的同类，这概率微乎其微，但没有其他选择。没有可能恰恰意味着可能，这就有意思了。

1837年4月，古斯带旺旺一起搭乘艾琳波的兄弟西格纳的船，前往圣基尔达研究当地筑巢的庞大鸟群的数量。这时候旺旺的斑点又出现了。西格纳非常兴奋，他从没想过自己来来往往上百次的地方竟然有着如此巨大的价值，还可以进行严肃的研究。他们中途休息都停靠在无人岛，到赫布里底群岛的一个港口待了两天，其间两人把旺旺藏了起来，以免有心人想偷。放眼望去，海豹在休息，海鸭在水面上晃悠。

每天，船上的旺旺都在兴高采烈地叫喊，脑袋朝着海天相接处，看着大海和浪花。它张开翅膀，好让水漫过它的身体。古斯给它建造了一个相当大的木笼子，固定在甲板上。白天，他会带着系了绳的旺旺绕着笼子走走。有时旺旺不吭声，仰着脑袋等飞浪。古斯有些忌妒大自然，大自然把他的小家伙变成了警觉的生物，迫不及待地辨识光线一丝一毫的变化。眼前的旺旺是全新的旺旺，它本能地理解着周遭即刻发生的现象，不再依赖古斯，不再时刻关注、看着他，也不再每天早晨等着他到来。旺旺似乎了解这趟旅行的目的，并不抗拒笼子、绳子，连古斯都觉得没必要再系绳子。它不怕狂风，不怕时不时拍打甲板的海浪。有一天，古斯把旺旺抱在怀里，发觉旺旺的味道变了，它身上发出一股海藻和死鱼浓重的腥臭味。

快要抵达圣基尔达时，旺旺的胸脯越挺越直，准确地说是整个躯干向前。威严地走在甲板上的旺旺，高高地直着脑袋，显露着它巨大的钩喙，逡巡着自己的领海。西格纳和古斯笑了起来，在旺旺眼里，他俩就是无知小辈。他俩与船帆战斗，意外的风暴来袭或者两人又做什么蠢事时，它不得不大声警告，投去傲慢的一瞥。不过，到了深夜，它仍旧亲切地轻柔呼唤古斯，到了后来就变成哼哼唧唧。古斯便把它从笼子里抱出来，挨着它，抚摸着靠在自己肩头的它的小脑袋。黎明迎来白昼，旺旺和古斯各自为营，旺旺在甲板上大秀英姿。

晃悠的海鹦甚至海豹都无法引起旺旺的注意，它泰然自若地享受着船只的保护，每天频繁地温柔又精准地梳理自己的羽毛。古斯心想，旺旺这是在打扮呢，它想要以最好的状态出现在同类面前。它身上飞浪、死鱼、海藻的味道也都是为了吸引未来的新朋友。

有一天，他们终于看到了远处的圣基尔达群岛。古斯早已经准备好了一本速写本，用于描绘岛上风光，外加一本笔记本用来记录到达后的所见所闻。如果运气好的话，他至少会围观一次求偶，据说巨型企鹅一生只有一个伴侣。古斯不知道旺旺还有没有机会。

岛上的巨型企鹅估计也就十来只，其中绝大多数生活在几米高的岩石上。古斯非常期待即将展开的研究，根本不会考虑失败与否。他们沿着越来越陡峭的海岸航行，所处的地势也越来越高，悬崖上筑巢的上百万只鸟齐鸣，震耳欲聋，起初闻如撞钟，越往前，原本闷闷的鸟叫声变如百万铃铛在耳畔嗡鸣。

海岸上没有太多企鹅的空间，况且这儿的企鹅并没有群聚，有的企鹅就生活在水面的一小块石头上。离岸二十米时，古斯停下船，第一次让不系绳的旺旺下水。很奇怪，大海雀在船上始终很平静，不喊不闹。这时它带着一丝庄严甚至是崇敬的表情入水。

它像鸭子一样浮在海面上。或许它在研究自己的同类，很自然地在做思想斗争，旋即潜入水中。有大约十分钟完全见不到它的踪影，古斯四处探寻，隐隐地担心。旺旺不可能逃跑，也不可能被吃掉，因为周围没有捕食者。但古斯真的懂动物心理吗？他知道动物会害羞吗？他不懂。终于，一个大浪拍到岸上，钻出一只企鹅，只见它站了起来，停了下来，走了两步，又停了下来。古斯一眼就认了出来，再说了，除了他的旺旺，他的勇敢的旺旺，还能是谁呢？那天天气很好，难得的好。天空很蓝，万里无云，一只只企鹅伫立在岸上，一动不动，它们一齐扭头看向新来的旺旺——尤利西斯终于回到了自己的家园。

旺旺走上前，喙朝下。古斯猜它这是在释放善意。它摇晃得比平时更厉害，肯定非常紧张。它沿着海岸走到离一只企鹅两三米不到的地方，伸长脖子，翅膀没做什么特别的动作，甚至比平常更笔直。对方装作没有看到旺旺，其他企鹅则在角落里围观，像是在忙着清理爪子四周。还不到下蛋的时候，大海雀们在筑巢，有的喙里有石子。古斯心想，旺旺本应该带上两三条见面礼再来的。但是，鸟类尤其是企鹅的习俗，自己又懂多少呢？古斯开始觉得自己很没用。

古斯和旺旺一样紧张。他和旺旺一样，甚至心里比旺旺还要慌，旺旺至少还能行动。这是一种前所未有的感觉，他从未对任何人产生过如此异样的感觉。无论是艾琳波、自己的母亲还是身边的朋友都不曾遭遇排挤或者霸凌，但古斯知道这种感觉。古斯自己或者一些同学都吃过霸凌的亏。岁月会治愈一切，谁都不会当回事。比如有一年，母亲和她的一位表姐闹翻了，这位表姐取笑她，说她看上去像个老姑娘，但古斯完全不会担心母亲。母亲也不会操心古斯自己去上大学，当然那时候的古斯早已经过了幼稚的敏感期，绝不会犯浑。但瞧瞧现在，就因为他觉得应该对一只企鹅负责，眼瞧着它在一群明显更老练的企鹅面前势单力薄，自己在船上竟瑟瑟发抖。

旺旺朝那只陌生的企鹅伸长了脖子。这是谦虚地在表示尊重，同时也非常大胆。那只陌生的企鹅立即回击：大叫一声，去啄旺旺——没有张嘴咬，向前走了三步，翅膀往后翻，旋即撤退。岸上远处或者岩石上的企鹅停止了活动，紧盯着现场。古斯似乎听到旺旺短促的一声抱怨，但应该是古斯想多了：从他所在的位置，不可能听到如此小的声音。

旺旺晃晃悠悠地向另一只企鹅走去，迎接它的仍然是铁面无情的排挤。古斯早就该拿出素描本，但气氛紧张到让他恍惚。如果仍然是这样的场面，他都没办法回到西格纳的船上。西格纳在船上等他，夜幕即将来临。古斯越来越冷。再过一小时白昼将尽。

旺旺不动了，不再靠近任何企鹅，待在水边的一堆石子旁。此刻旺旺的面容或者说姿态十分端庄，古斯放下心来。一只企鹅潜入水中，另一只跟着从岩石上入水。古斯开始观察：长久的越海后，企鹅重逢的画面就在眼前。大海雀在沙滩上交配。比较它们的举动后，古斯确信有三对关系稳定的企鹅夫妻。留给旺旺的机会不多了，只有几只单身企鹅。古斯估计有三只单身企鹅，但他也有可能弄错了。

也许是为了做点什么，旺旺一头扎进海里。它没到小船那儿找古斯，也没有离岸边很远。它浮在海面上，像天鹅一样把脖子伸进水里，水波抚平了尾巴和背羽。然后它乘浪而归，在岩石上歇息。黄昏将至。昏暗的光线下，古斯已经待了半天，此刻他不得不回到船上，由着旺旺自生自灭。他得睡上一觉，好第二天一早醒来恢复精力后马上就来看它。古斯心里虽惴惴不安，却确信自己的决定是正确的。船上，古斯和西格纳不怎么搭话。西格纳问到旺旺具体的情况，古斯只是耸耸肩。

第二天日出时分，古斯第一次登岛，和企鹅保持着距离，但刚好足够他细细观察。他边研究边记录。旺旺似乎没看到他。它待在昨天的地方没动,离企鹅群大约直径十五米一个圆周的距离。它孤零零自个儿待着,没有企鹅把它放在眼里。其他企鹅游水回来歇在岸边,旺旺没怎么游,一会儿就赶了回来。

旺旺再次靠近企鹅群,但它避开了夫妻档,古斯猜测它正径直走向单身的企鹅。旺旺的精气神完全变了,它变得非常谨小慎微,古斯一看就知道是它。它们暂且相安无事。古斯便做起了笔记:巴桑的塘鹅会飞,它们在巨大的崖边筑巢;圣基尔达岛是北极剪水䴕的唯一栖息地,它们看似海鸥,却不属于鸥科。古斯自顾自地忙着,二十分钟后,他放下手中的事,重新在小小的地块内寻找旺旺。

快中午时,小岛上躁动起来。从远处都能看到,整个岛屿摇曳在欢腾的氛围中,到处是兴奋的叫声。每一块土壤、每一粒石子都在激动而自由地舞蹈一般,应和着热烈的阳光,即便圣基尔达岛上的阳光仍显暗淡。还不到下蛋的时候,趁着小岛还没有变成"托儿所",岛上各种鸟类尽情地狂欢:打斗、互啄、求爱。古斯感觉自己和格列佛一样,正渗透到一个令人羡慕的、未知的、自由的、欢畅的、快乐的社会中。等他再次看向旺旺时,他发现旺旺正晃动羽毛,原本直立的羽毛很快如闪亮的燕尾服般光彩夺目。然后它向后张开翅膀,以最快的速度奔向另一只企鹅,脑袋冲着天。众声喧闹中,古斯什么都听不清,只觉得旺旺应该在唱歌。对面的企鹅伸展肢体,似乎正以同样的方式回应旺旺。

从那一刻起,古斯的目光再也没有离开它们俩。自他们上岛以来那令人气闷的压抑感荡然无存。旺旺总算走进了族群，终于被接受。古斯心想，巨型企鹅真是奇妙的动物，平和又团结。旺旺突然退后，它明显有了主意，异常地坚定。它立即走向刚才一起唱歌的企鹅，把嘴里叼着的一块石头放在对方脚边。谜底终于揭晓：旺旺是一只雄企鹅，此刻它正为自己铺着婚礼的红毯，与伴侣共筑爱巢。

古斯握起炭笔就画，这将是他对旺旺最后的记忆。看着旺旺终于回归野外生活，看着它一步步离开自己，古斯不知道自己究竟应该开心还是悲伤。古斯细致入微地描绘着旺旺的特写：旺旺嘴中叼着一块石头，羽毛与雌企鹅的纠缠在一起，画面柔和。事实上，从古斯的角度根本看不到旺旺的羽毛和眼睛，甚至看不清石头。

光线越来越暗。企鹅群爆发出一阵动乱，尖叫不断。看上去像是两只企鹅在拥抱，头靠头，实际上是嘴咬着嘴不放，发育不健全的翅膀使劲地拍打对方的背和腹部，呼扇个不停。其中之一就是旺旺，只见它滚倒在地，胸脯压制对方——或许就是它求偶的那只雌企鹅，对方扑向它，而旺旺反应非常迅速，再一次用喙控制住对方，避开了对方的撕咬。对方并没有屈服。

突然，旺旺的右腹部糊了一块儿泥一样的东西，照理说应该是血。古斯一激灵，跳起来，作势要跑过去救出自己的朋友，护它周全，即便只是给它打打气：它就是赛马场上的冠军。他不敢发出一点动静，因为他无权干预。这是旺旺的必修课。旺旺和对方扭打在一起，然后站直了身体，各自脑袋朝天地逼视对方。那只雌企鹅小跑向另一只企鹅，嘴轻触对方。战斗结束，旺旺输了。

　　过了一阵，古斯看着灰头土脸、一蹶不振的旺旺独自站在海滩的另一端，凌乱的羽毛受了伤。古斯心想，旺旺可以重新求偶，但他不知道剩下的两只单身企鹅的性别。天开始凉了。远远看过去，感觉旺旺在发抖。其他的巨型企鹅根本不搭理它。下雨了。旺旺站起来，往岩石那边走去。它的伤势应该不算重，只见它行走时竭力维持着挺拔而自信的姿态。旺旺走近一对企鹅夫妻，对方驱赶它，他转向一只单身企鹅，探出自己柔软的长脖子，异常灵巧地靠近对方，想要缠绕对方的脖子，然后谦卑、温柔又害羞地伸出喙。雌企鹅一动不动地任由旺旺抚触。几秒钟过去了，雌企鹅脑袋前伸，猛撞旺旺的脑袋，上半身压制旺旺的同时，翅膀不断地拍击旺旺尚未愈合的伤口。

　　事态超出了古斯的掌控：在这片贫瘠的大地上，强势的企鹅群扼杀了古斯还在萌芽的计划，它们不但不欢迎新来的旺旺，更是群起而攻之，就因为一个动作、一次互啄，它们便围攻古斯的朋友旺旺。其他鸟群的声响渐弱。夜幕即将降临，岛上所有的鸟都在休息，周遭还算安静，突然一群企鹅疯了一般，发出女巫般瘆人的叫声，它们追逐一只正全力逃跑的企鹅，只见这只逃命的企鹅惊慌失措地、肚皮朝天地滚下岩石，胡乱地挥舞着爪子，既抓不住风，又乘不了浪，只能任由它们欺负。

一只动物受到了欺侮，没有朋友也看不到未来，它该多么悲伤、失落又充满羞耻感？旺旺回到岸边，孤零零地走着，往前耷拉的脑袋都快掉到地上了，拉长着嘴。它跑到刚才被驱逐的地方所在的岩石对面，爬上最远的一块，跳到崖壁凸起的地方。海面沉落，暮色降临。旺旺躺了下来，或是睡了，一动不动。黢黑的岩石上，它脑袋上白色的斑点异常显眼，只见它无精打采又颓丧地耷拉着脑袋，嘴巴搁在岩石上。古斯实在看不下去，曾经那只快乐的小动物不见了，眼前的旺旺小小的一只，蜷缩在崖壁小小的一角。旺旺似乎已经忘了自己是一只巨型企鹅，忘了自己有多了不起，它可是最大型的企鹅，鸟类中的游泳冠军，也许是北半球最机智的动物。

　　古斯以最快的速度划船靠近。旺旺仍然一动不动，石化一般几乎与自己身处的岩石融为一体。或许它真的想变成化石，和岸上各种各样的化石一样，比如古老的蕨类，比如消亡的贝类，比如数百万年前灭绝的蠕虫。古斯看着它的羽毛翻飞如蝴蝶、昆虫在飞舞。等他走到离旺旺十多米远的地方，分明看到它裸露在外的皮肤以及撕裂的伤口。四米远时，他似乎听见旺旺在哭，实际上他的大海雀并没有哭泣，相反，它前所未有地沉默。两米远时，他唤它的名字，旺旺没有反应。随着夜幕降临，古斯看不清它的眼睛，也看不到它脑袋上的白点，旺旺仿佛整个儿地嵌入凸起的崖壁一般。

　　低沉而平静的海水泛着浓重的油墨黑。古斯得找地方泊船，他登上并不算很高的三米多的峭壁，却找不到可以系绳的地方，只好将船抵靠住岩石。在海浪冲走船只前，他只有一分钟的时间去抓旺旺，然后马上赶上船。他脚下一滑，顺势踩进一道裂缝，上半身攀到旺旺所在的地方，伸手一把抓住它的翅膀。大海雀一声不吭，也不挣扎。上了船，古斯悉心地照料它，为它清理伤口。他想支撑起丢盔弃甲的旺旺的骨骼，让它重现往日的荣光。

古斯所面对的，是世界上最孤立无援的旺旺。它没有同伴，它和古斯、艾琳波不一样，和周遭的一切没有共同语言，他甚至算不上真正意义上纯正的巨型企鹅，而仅仅是一个替代品，半企鹅半鸭子的存在。它没法像从前那样，像真正的巨型企鹅那样遨游深海，而是和古斯、艾琳波生活在一起，圈禁在围栏里边，偶尔浮游出水面。

不过，这就是好旺旺。它终于从身体和精神的双重创伤中振作起来。遭同辈排挤又无后代的旺旺如毕生流亡在伊萨卡之外的尤利西斯，它不愿意屈辱而亡。旺旺或许还在爱着，爱着古斯和艾琳波，爱着那只偶尔靠近围栏的好奇的羊。隔着围栏，旺旺和好奇的羊似乎也会议论一番。经历了那一趟旅行，旺旺再也没有生过病。艾琳波时不时放旺旺进屋。身份混乱的旺旺或许以为自己是人类。这只世界上独一无二的生物，永远没有机会教授自己孩子游泳的技能，永远不可能从别的企鹅的喉咙中叼取食物。它的命运注定了非同一般，它是自己的英雄，一个幸存者，它经历着任何巨型企鹅绝不可能经历的命运。

艾琳波发觉古斯自从去了圣基尔达，回来后整个人便心不在焉。当然她也拿不准，丈夫究竟是心不在焉还是心有执念，看上去更像是心事重重。古斯长时间在自己的工作室伏案工作。即便是散步，他似乎也总是心在别处。

"即便我站在你的面前，突然间消失不见，你也不会有半点反应。"扔下这句话，艾琳波扭头就跑，逃一般地冲进山岭。

古斯追上前，抓住她，让她靠在自己的肩头，抚摸她随风飞舞的乱发，轻触她的脖颈和下巴。他逗弄似的轻咬，双手假意掐住她的脖子，二人旋即倒地，滚下了斜坡。然后他为自己总是魂不守舍而道歉，他说圣基尔达发生的一切让他心乱如麻，仅此而已。

古斯的脑海中反反复复出现一个念头，但他暂且没有想明白。他说起玛丽·雪莱的《弗兰肯斯坦》，艾琳波没有看过这部小说。古斯声明，自己并不打造人，但他和小说中疯狂的生物学家一样，执迷于某种更宏大的东西，类似于造人甚至创世这类宏大的东西。她开始叫他"弗兰肯斯坦"。他要是守着工作室不出门,她就指着工作室叫"实验室"。

古斯坐在桌前,看着窗外,只见旺旺远远地待在围栏里,他思忖是否需要为它找个动物朋友,那只羊总是走来走去,有的时候还不理旺旺。古斯也不知自己乱七八糟地写了什么,随即画掉,接下来皆是如此。记忆翻江倒海,他试图理清思绪。当时在斯特罗姆内斯,布坎南就和他说过买卖巨型企鹅的交易。雅各布森之流认为企鹅很邪门,他们在当地甚至把企鹅当作祸患杀害。古斯只觉得自己如临悬崖峭壁一般,进也不是,退也不是。倘若是真正的悬崖,好歹是光滑的,跳下去就是不真实的蔚蓝大海。

古斯不再埋头于书页,而是抬眼看空中的飞鸟,看大海,看海豚跃出海面一分钟后又跃入海中,看海鸥在飞翔途中捕食小鱼,看左边的山岭之上成百上千的田鼠围攻成群结队的无脊椎动物……在这片丰饶的大地上,每一种生物都有自己的食物,各有各的生存法则。古斯进而想到了人类的狩猎,想到了人类穷追猛杀却没有灭种的野鸡。

古斯想不出所以然,想到了又有什么用呢?他感觉旺旺在打嗝,听它停了后,他重新伏案工作。活下去就不会灭绝。虽然前有古生物学家居维叶提出的灾难说,远古巨型物种比如乳齿象、巨型地懒等再也寻不到生存痕迹的物种为何灭绝也有了解释。但古斯自己包括他们这一代人不可能再接受这套说辞,他们更倾向于认同拉马克的猜想:物种并没有消亡,而是转化为我们已知的现代形态。而且,他们那一代人都知道，人类和乳齿象之类的物种有交集。作为最后到来的物种，人类不可能经历灾难，如果乳齿象真的因为天灾而亡，那与之有交集的人类早就一起灭亡了。

一切乱了套。人类确实破坏了一些物种，但这些物种属于"有害"物种，除了啮齿类动物因为太小免于灭绝。这一点世人都清楚。古斯又一次如临深渊，大脑卡顿后如同萎缩了一般。他没办法组织起有效的信息，帮助自己理清纷乱如麻的思绪，看清现状。无论怎么看，旺旺都不能算作"有害"物种。

古斯致信给相识的博物学家和古生物学家，当然也包括加尼埃。加尼埃回复说："巨型企鹅的数量肯定在减少，这一点您和我都清楚。但您也太多虑了，我想说的是，这个问题有那么严重吗？巨型企鹅难道不会躲到别的什么地方吗？总有一天，它们的数量会远超我们所知。"

古斯宁可相信加尼埃的观点。再者，成批捕捞鳕鱼的人拥入加拿大海岸的时候，巨型企鹅不就迁徙到别的地方了吗？迁徙他方后它们怎么活下来的？到了一个新的地方，即便之前就有所了解却从未深度开发，巨型企鹅也只能营营为生。简而言之，一旦巨型企鹅迁徙过一次，就可以有第二次、第三次。

古斯在哥本哈根认识的克罗尔，克罗尔分析得更透彻：

您读过查尔斯·莱尔的作品吗？按照查尔斯·莱尔的理论，过去发生的还将反复，或者换一种更容易接受的说法，我们所经历的现象历来有之。所以说，过去那些巨型生物到了今天只剩下考古发现的骨头，那我们如今看到的生物也有可能灭亡。世界在不断地运动，它在有规律地、缓慢地变化，以至于我们觉察不到。居维叶所谓的灾难说，将世界的重造一劳永逸地归因为突然而至的灾难。实际上世界的变化应该是周期性的。说不定有一天我们就能看到猛犸象再次出现，这可太有意思了，当然大象可不会开心。我和您说笑呢，但有的时候我愿意这样幻想。

古斯只找到了莱尔作品的英文版。这本极具独创性的书实在惊人，太不可思议了。《地质学原理》的副标题"可以作为地质学例证的地球与它的生物的近代变化"已经阐明了一切。就物种而言，灭绝的原因有很多：所在自然环境的变化（仅凭这一点就足以让拉马克相形见绌，拉马克认为幸运的物种环境便能更好地实现进化）以及物种间的竞争。习惯于清除有害动物的人类在人口不断增长的过程中，自然也会危及动物的生存，甚至导致某些动物的灭绝。他说比如鸸鹋这一物种的处境就比较危险。莱尔并不担心物种的优胜劣汰，因为这在他看来纯属自然，符合自然法则，同死亡一样不可逾越也不可抗拒。古斯也认为，从某种意义上说，这就是生活，莱尔的理论为整个世界增添了一种悲观色彩，在残酷规则面前我们不得不听之任之。

古斯给克罗尔回信时提到了自己的困惑："莱尔的物种

灭绝说并不能解释巨型企鹅的具体处境。企鹅生存的气候环境并没有发生明显的变化，二十年前企鹅在同样的地理形态下数量惊人，也不存在物种间的竞争，我敢说企鹅并没有受到敌对物种的威胁。海豹也好、海雀也罢，都无须争夺企鹅的领地或打斗。除非人类想要清除它们，但远离我们生活圈的巨型企鹅又有什么威胁？我找不到理由。所以究竟是不是人类对巨型企鹅犯下了罪行？"

写完这封信，古斯觉得自己终于看清了心里那堵高墙的本质：受到了不公待遇的企鹅无法得到理解，因为不公的本质就是无法理解。

古斯的朋友达格奈斯是一个博物学爱好者，他和古斯的通信中说起过约翰·弗莱明，离开法国前古斯草草看过弗莱明的书。

我记得弗莱明说过，人类社会的进步影响了动物的地理分布。许多物种在英国消失了——例如在英国再也见不到海狸，但海狸并没有灭绝。这表明人类足以对物种产生毁灭性的影响，但就我猜测的话，人类的破坏力之于整个自然界仍然是有限的。

您应该会喜欢弗莱明（他的思想影响了莱尔），我记得他曾经也想把一只巨型企鹅带回家，无奈那只企鹅死了，他和巨型企鹅之间的渊源也颇深。据说他当时悲伤极了。我不确定这是不是谣传。我印象中近来并无灭绝的动物，渡渡鸟可能已经灭绝了，但具体的时期并不清楚。渡渡鸟的生存范围比较局限，仅限于岛屿的陆地，它们既不能游泳，也不会飞翔。一旦捕食者登陆，渡渡鸟插翅难逃。这和旺旺的情况不一样。

古斯别无选择，只能相信达格奈斯所说"整个自然界"自有的法则，所以巨型企鹅也可能藏在自然界的某个地方。一个物种一旦有过迁徙的经历就可以再次迁徙，这有何难？1816年，熊在冰岛上岸吃光了黄鹿，但黄鹿只是迁徙到了别处。多亏达格奈斯的提醒，古斯想起海狸和英国人的经历，海狸如今到了美国，数量多到快成灾了。所以，按莱尔的理论推算：过去发生的可以，也必然重现，那么巨型企鹅应该也可以在世界的某个地方繁衍生息。

艾琳波怀孕了。那段时间她和旺旺走得很近，换作艾琳波经常带旺旺到海滩上散步，到海里游泳。艾琳波和古斯都很惊讶，旺旺不再需要绳子了。圣基尔达的经历改变了旺旺。按古斯的理解，旺旺不愿再回到大自然，那里没有它的位置。游水时旺旺越游越远，但它总会自己回来。

艾琳波和古斯的女儿出生了，他俩叫她"奥古斯蒂娜"，和古斯的原名"奥古斯都"几乎一样，艾琳波喜欢具有异国情调的法国名儿，听着特别动听。古斯又开始了游历，这次他带着一支停靠法罗群岛的探险队前往冰岛。途经雷克雅未克渔村，那儿的居民住的棚屋长满了青草——这样的景象他并不感到陌生，整个地区基本上都是这样的房屋构造。

古斯采集了一些植物样本,为雷克雅未克村做了水文地理表。第二年,他带着另一支探险队前往格陵兰岛看冰山。古斯想象不到世界上竟有如此美丽的存在,他尤其没有想到,自己脑海中那面高墙竟然如此真实地耸立在自己的眼前,山脉蔚蓝而壮阔,光滑而令人叹为观止。在鬼斧神工的大自然面前,古斯屏住了呼吸,眼前恢弘壮阔到无以复加的地步,几乎将他压垮。站在甲板上的古斯目瞪口呆,失去了平衡,眩晕得仿若在空中飞翔。

回程途经斯堪的纳维亚半岛北部时,古斯记录了拉普兰人的语言、药方,并进行了地形勘探。他用驯鹿皮给自己做了一双靴子。回到法罗群岛后,古斯和艾琳波发现,这双里外软和的皮靴竟然和奥古斯蒂娜一般高,而且成了她的专属玩具。艾琳波又怀孕了,诞下了男婴,为了致敬在此的幸福生活,他们为他取名奥塔尔,这是一个非常具有法罗群岛特色的名字。北欧语言所传达的异国情调都能被古斯敏感地捕捉到。

旺旺不喜欢靠近小孩子,但也不至于嫉妒。有时候旺旺看着小孩子纯粹因为不放心。哪个小家伙若是磕哪儿碰哪儿了,或者摔到了,恰好艾琳波不在场,旺旺便一直叫唤,直到她来。只要艾琳波来了,旺旺便一副嫌弃的样子晃来晃去,伸着长嘴横着走,像是圆满完成使命后得意的样子,又像在同情这位母亲——如果不是它,她艾琳波可怎么办哟。古斯很困惑,旺旺是如何分辨成人与孩子的——它是如何感受到需要帮助的人类幼崽的脆弱与无助的?

有一天，古斯在托尔斯港的集市上看到一只鹅，买了下来。这只鹅不肥，和所有鹅一样不好惹的样子，但它和旺旺一般大，作为玩伴应该会讨旺旺喜欢。如果不奏效，旺旺和鹅吵起来了，至少还可以把鹅炖了吃。

古斯和艾琳波把鹅放进围栏里，让旺旺和鹅面对面。灾难爆发了。旺旺怒发冲冠地猛扑上去，大鹅则张翅狂跑，不得不说，鹅的姿态比旺旺优雅。鹅比旺旺快多了，旺旺才跑了半圈，鹅已经惊慌失措地连跑两圈。但旺旺高亢、尖锐又洪亮的嘶吼声大大盖过了可怜的家禽发出的叫声。

艾琳波和古斯生怕两只鸟相互残杀，赶紧追在后面跑。艾琳波终于逮住了鹅，扼住它的喉咙。古斯挨了旺旺一口，耳垂破了一个口子。两人提着大鹅出了围栏，旺旺怒气冲冲，直勾勾地盯着大鹅，爪子狠狠抓地。古斯看着旺旺两眼蹦刀子一般，旺旺也确实动了杀心：他的这只动物很懂得利用光线的变化迸发阴沉而夺人的目光。

他俩隔离了两只鸟，把大鹅安置在围栏的另一端。起初，旺旺假装没看到，但很快艾琳波就发现，大鹅的一举一动都难逃旺旺的法眼，这只企鹅对大鹅是又厌恶又好奇。一旦大鹅进入企鹅的视线，或进食或抓挠或戏水的旺旺立刻停下动作，仔细侦察。

几天过去，就像之前和羊的相处一样，旺旺开始靠近围栏，看大鹅时也不再带敌意。大鹅则保持着距离，隔着几米远昂首阔步，一副冷漠的模样。在艾琳波看来，鹅在撒娇，旺旺穷追不舍：换句话说，它们在互相驯服。终于有一天，古斯走到围栏跟前,看到鹅和旺旺相互依偎着,鹅和旺旺越过围栏,嘴抵着嘴。第二天,它俩住到了一起。

从那以后,旺旺经常和鹅睡在一起,相互依偎着。鹅那更长的脖子几乎将旺旺的脖子围了一圈。它们黑白分明的羽毛编织在一起,仿佛古代的双耳瓶。到了夜里,旺旺和鹅挪到谷仓里,总是相互依偎着,互相梳理对方的羽毛。它俩很少单独行动,除非旺旺去海里游水,或者它俩各自进食:鹅吃谷物,旺旺吃鱼。

1843年,布坎南抵达法罗群岛时,奥塔尔三岁,奥古斯蒂娜快五岁了。布坎南做毛皮贸易发了财,和哈德逊湾公司建立了贸易往来,下一站要去加拿大。古斯见到他时,他还跟原来一样,甚至没有变老,和以前一样苍白,又高又瘦,整个人柔软得仿佛栗色的海藻一般,清亮得由着水波抚摸,舒展着身姿,说不上美也不至于丑,只能说怪异。

古斯和布坎南决定到内陆游历一番。所到之地一如既往地空旷,原野焦土一般枯黄,正值十月,也符合季节的变化。他们生了篝火,睡在帐篷里,远远地看着狐狸、野兔,看着狐狸追野兔。刺骨的冷空气刀割一般将布坎南的脸庞刮得通红。两个人孤零零地行走在毫无变化的荒芜大地上,迎面而过鳞次栉比的壮阔山岭,反而能更深入地聊天。

布坎南告诉古斯,这一年再也没有在圣基尔达见到过巨型企鹅,或许那儿的企鹅已经灭绝。这一消息对古斯而言反而像是敌人的死讯。有那么一瞬间他似乎觉得"大仇已报",

内心如沐春风一般一阵爽利，松了一口气，感觉浑身舒畅，仿佛终于得见正义伸张。紧接着他胸口一紧。

"我不信。"他和布坎南说这话的时候，语气生硬如铁，他继续道，"这不可能。企鹅一定迁徙到了别处。三四十年的时间足够一个物种大量繁衍。"

"你知道北山羊的故事吗？萨瓦省的北山羊快灭绝时，还好皮埃蒙特-萨丁尼亚王国的统治者早几年便下令禁止狩猎北山羊。所以说人类是不是不可能毁灭或者拯救一个物种？你说呢？"

"但真有这么快吗？圣基尔达真就没有企鹅了吗？我不确定。你看，狐狸不是到处都是吗？"

古斯指着远处蹦跳的模糊影子。或许并不是狐狸，但这并不重要。

"我们不吃狐狸。"

"喏，那边有兔子！一只兔子能生多少只小兔子？一对企鹅能下多少个蛋？你看，算起来很快的。或许企鹅已经无法适应世界的变化了。大象那一类的动物繁殖能力才会比较弱。"

古斯记得在法罗群岛围观一年一度捕鲸节的场景。人们将海豚诱逼进一个海湾进行围剿，亲自走到齐腰深的海中，用绳索和吊钩拖曳海豚，上了岸便挥刀斩杀，劈开它们的脊柱，任鲜血四溅，染红衣服和陆地。起初古斯并没被吓到，但当他眼睁睁地看着海豚被活活开膛破肚，当锤头正中海豚椎骨时，古斯胃里一阵翻江倒海。最后，大伙儿分了海豚的肉和油脂：足够吃上好几个月了，当地人也不多。古斯和艾琳波同样分到了肉。

古斯想起艾尔迪岛，想到捕鲸节的场景也曾在那里上演：水手砸企鹅蛋，他们也在绞杀动物，只不过换了个称呼。古斯想到每日和自己生活在一片天空下的朋友徒手拔羊毛的场面。不过，他想告诉布坎南的是：即便如此，海豚没有灭绝，羊也没有死光。

"但是圣基尔达的企鹅没了。"布坎南回应说。

"如果企鹅去了南极洲或印度洋呢？对啊，怎么不可能？而且那儿不是还有帝企鹅吗？既然帝企鹅能活下来，巨型企鹅为什么不可以？说实在的，你不觉得它们很像吗？如果旺旺去了开普敦会幸福吗？"

"现在的情况下，离开你，它上哪儿都不可能幸福。你好好想想，奥古斯都。马尔萨斯的人口理论论证了人口呈指数增长。人口越少，人类越繁荣，就像一个倒金字塔。势单力薄的物种从数量上也必然全面减少。要我说，从来没有人在开普敦见过巨型企鹅。"

古斯坐在布坎南身旁的枯草上嚼着冷香肠。放眼望去，大地日月经天不见丝毫改变。在他之前，一代又一代循环往复：行走、捕鱼、围观鲸鱼的死亡、看海鸥和剪水鹱在悬崖峭壁孵蛋。真菌、霉菌拔了根仍旧复生，鸟类为什么不可以？

古斯更愿意相信加尼埃的乐观判断：关于生命，不可能发生根本性的变化，除了勃勃的生机以及不断的自我更新之外。当然，他没有对布坎南多做解释。稀有物种必然越来越少，种群数量下降的同时，生殖力却跟不上，比如有的动物一年只下一个蛋，确实无法保证物种的持续繁殖。

一百对企鹅产下一百个蛋，四十只幼崽在成年之前死亡，二十只死于各种意外，在外部环境不变的情况下，剩下的四十只企鹅即便生养，也将遭遇同样的命运，最终走向灭亡——所有物种或许已经步入灭绝的轨道，只是无法察觉。古斯咀嚼香肠的这一刻，世界在变，缓慢而持续，脚下的地壳在运动。确实，一瞬已是天翻地覆，没有任何理由突然而至的变化真叫人感到悲伤和病态，充满了杀戮的血腥。

旅途结束，布坎南随古斯回到他和艾琳波的家中，次日拂晓又将启程。夜里，布坎南、古斯和艾琳波一起去看旺旺和鹅。企鹅走近布坎南，啄他的裤腿，盯着他看了几秒钟。布坎南反应过来：旺旺认出了自己，禁不住一番触景生情。古斯没有点破，但他知道旺旺纯粹是出于好奇，对新来的客人示好。当然也说明旺旺再也不是一只普通的野生动物，它已经变成新的物种：家养企鹅。

说实话，古斯也不清楚家养企鹅有什么用。旺旺这种企鹅每年只下一个蛋，一个蛋根本不够一家人吃。这样的繁殖速度，一家人也没办法指望吃上肉。用于观赏吧，企鹅又比不上孔雀，一只企鹅不可能为花园增光添彩。想到这儿，古斯不乐意了，他感觉自己就像弗兰肯斯坦一样，创造了一个永远孤独的存在，而这个存在既让同类恐惧，又不被人类和其他的家禽所理解——除了鹅，说实在的，鹅也是因为别无选择，总好过做烤鸭。

布坎南离开一周后,古斯第一次闻到鲸鱼脂肪的味道就干呕了,这在以杀鲸为乐的法罗群岛可麻烦了。妹夫西格纳捕鱼回来,分了一块鲸鱼肉给艾琳波做饭。古斯一整天都躲在工作室,不跟任何人说话。艾琳波究竟在想什么?竟然可以愚钝到收下企鹅近亲的肉。古斯只能吃点鳕鱼。周遭弥漫着鱼腥味。海水的咸味已然浸透了他的骨骼、头发丝——手指一捻就碎,熏干了他的嘴唇和皮肤,他的衣服以及他整个人都硬邦邦的。

就连梦里都充斥着浓烈的血腥味,掺杂着沙土或者碘化物的味道。有时古斯会想念法国南部,他忘不了紫色的薰衣草、佩里戈尔的黄色岩石、花瓶里插着玫瑰与牡丹的客厅以及华丽的建筑立面。看着眼前恒久变化又动荡不安的大海,他想念那儿的树木、森林,想念那儿的碧草连天和静谧无声。他清楚地看着自己原本棕色的瞳孔逐渐混浊,如布坎南的肤色一般暗淡无光。

古斯无力改变现状,他虽然不信任周围的村民,但也谈不上为自己、艾琳波或者孩子们担心,只是不愿意孩子们在残暴的环境下长大。他看着周围的邻居，只觉得他们胳膊上长的不是手，而是吊钩和粘着血肉、企鹅脑袋的绳索。无异于地球上任何一处了无生机的地方，这儿原始而野蛮，仿佛一群愚钝的动物，或者有瑕疵的白色陶器，没办法让人眼前一亮，也并不光彩夺目，做什么都似生杀予夺，不见山雀飞翔时那抹欢快的黄，看不到松鼠一闪而过时滑稽的尾巴。这里只有适者生存，只有悲剧与利用。

古斯越想越坐不住，原本他计划等孩子要读书的时候再送他们到丹麦或法国，但这想法不现实：孩子们现在就必须离开，趁他们还小，得赶紧离开这腐朽之地，断绝这种过时的生活，离开笼罩在头顶的灰色天穹，在这片天地之间，只有孩子们是鲜活的，在这少有人迹的岛屿，也仅有这谷仓与屋顶尚且可以遮风挡雨……

古斯和艾琳波谈过这件事，她不赞成，也不反对，她不能去法国，因为她不会说法语，但如果是丹麦，为什么不呢？艾琳波并不是喜欢哥本哈根，而是向往新奇的事物与地方。她不理解丈夫为什么那么喜欢树木，为什么痴迷色彩与繁花，又为什么拒绝吃羊肉。似锦的花园也令她欢喜，年轻时她也上过岸，领略过陆上风光，但她说不上想念。

古斯越来越自闭。早起对他而言很艰难，看一眼窗外他便想再在床上躺会儿。有一天，他声称自己生病了，艾琳波让他卧床一周，奥塔尔和奥古斯蒂娜生病时艾琳波也这么安排。

古斯唯一的精力都用于照顾围栏里的旺旺，让人感觉一人一企鹅在密谋着什么。古斯看着旺旺，旺旺看着古斯，仅仅只是面对面互看。古斯脑袋久久地耷拉在旺旺脑袋上，这场景仿佛栅栏后边的两个疯子或囚犯在窃窃私语，连鹅看着他俩都气坏了。不知道为什么，古斯在旺旺身上看到了某种天性，而不仅仅是旺旺本身让伤他心。旺旺甚至不能逗古斯开心了。当猛禽飞过天空，旺旺俯身躲避，一旁看着的古斯只觉得忧伤，旺旺的一举一动在他看来空洞而无意义，古斯自觉整个人就是一个悖论：活死人一般。

古斯动了动眼皮，抬起头来驱赶这种感觉，但感觉这东西走了又来。艾琳波看着古斯稀奇古怪地晃头晃脑、表情诡异的模样，不禁感到忧虑。古斯忧郁的样子连自己都害怕，他整个人陷入深渊一般，再也无法逗孩子们笑，对妻子的温柔无动于衷，也无法提起工作的兴致，睡眠状况也极差，每分每秒都是煎熬，熬过了夜晚还有一整个白天在等着他，日日夜夜充斥着迷茫和绝望。他不是无病呻吟，只是控制不住地往坏处想。旺旺肯定让他担心，奥古斯蒂娜和奥塔尔也都让他放心不下。这两个孩子在山野间撒欢都让他如临深渊。

古斯甚至不知道自己究竟是怕孩子们日后成为残忍的法罗人，还是自己太脆弱，担心有朝一日孩子们老去受到伤害，又或者他们成为施害者。对于古斯而言，往后的人生仿佛隔着雨帘（毕竟现实中法罗群岛总下雨），又仿佛隔着阳光直射的脏玻璃（这在法罗群岛就不太现实）。

布坎南曾经对他说："你再好好想想，奥古斯都，开普敦没有巨型企鹅。"这句话不断在古斯的脑海里重复,还有这一句"稀有的总会消失"。问题是怎么消失?布坎南自己有没有经历过物种的消失?当他还是个孩子的时候,母亲铲除了家中的一个蚁丘。母亲人为的破坏导致蚂蚁数量减少到一定程度,不可能再形成蚁丘,从此家中再无蚂蚁。

起初只是谣传艾尔迪岛再也没有巨型企鹅,十五天后谣言越传越具体:艾尔迪岛上最后一对企鹅夫妻被宰了。古斯前往奥克尼群岛的途中,从一位冰岛回来的博物学家那儿听到了完整的叙述。博物学家遇到一个水手,水手说一个月前自己应招上了船,雇主是把海洋动物及制品卖给博物馆或者收藏家的贩子。1844年6月3日,也就是古斯知情前的一个月,船上三人登上艾尔迪岛,发现两只鸟类的踪影,等到他们回到船上时,手中各自提着一只被勒死的企鹅。古斯不想听细节:杀戮遍布各地,并不新鲜。

"他们拿了企鹅蛋吗?"古斯问博物学家。

"即便有企鹅蛋,应该也落在了岛上。"

第二天一早古斯去看旺旺,他明白自己眼前的不再是普普通通的企鹅,而是世上绝无仅有的动物标本,类似于海边即刻成形的化石。古斯想到企鹅夫妻一般都会在自己的盘踞地刨一个不易发现的洞,如果艾尔迪岛上最后一对企鹅夫妻确实死亡了,海洋物种的平衡、作为企鹅食物源的鱼类数量甚至企鹅游水时玩耍的藻类不是都会受到影响吗?

此外,如果真的再也没有企鹅,那么一切应该已经偏离了轨道。暴风雨应该已经来袭，风暴已至，仿佛一群女巫突袭这阴森可怖的岛屿，势必要岛上的人类为自己的错误付出生命的代价。但是什么都没有发生，太阳照常落山，只是因为夏至，白昼日渐拉长，而每日晚霞愈加热烈，海面也愈加宁静，这片常年遭受海浪湿气、凄风苦雨的极寒之地笼罩着不真实的平静。什么都没有发生。唯一的事件：水手登岛，大难临头企鹅夫妻各自逃，逃命的模样依旧憨厚。

说不定其中一只企鹅逃了呢？如果真的有一只幸存下来，它会不会回去孵蛋，救自己的孩子？但救下来又有什么意义？这对企鹅夫妻为什么游水的时候偏偏就遇上了水手？当时它们是分开游水还是一起嬉戏？它们躲过了逆戟鲸、长须鲸、海象，难道就为了最后爬上又冷又硬的岩石等死吗？

古斯不知不觉已经将旺旺抱上了膝头。他抚摸着它，却感觉不到它脉动的温度，他看着心爱的旺旺，看到的却不再是它纤细而精美的羽毛，他心里只有一个念头：如果旺旺不在，和它一起消失的将会是它几乎快要忘却的完整的回忆，关于它再也无法畅游的无边无际的大海。他心里想到别的什么，却说不出口。仿佛任性冲动导致事态不可收拾后内心的折磨：人这一辈子，或者踏上毫无意义的旅程，任由火车不断脱轨，在默东这样了无生趣之地死去，或者像杜蒙·德威勒[①]一样发现了阿德利企鹅。事情变成这样并不是古斯造成的，但他有责任，因为他也是人类。怎么说呢？如果能把责

[①] 法国探险家、人类学家。——编者注

任推到火山、逆戟鲸或白熊身上，那么古斯就可以不在乎巨型企鹅的死活。但这一物种之所以灭绝，仅仅只是因为沦为了人类的盘中餐：炖菜、黑乎乎的肉排和油，而企鹅油并不比鲸鱼油好多少。

古斯看着自己膝上的旺旺，旺旺棕色的双眼在凝视什么，如此严肃？如果旺旺死了，他再也看不到它这般不透光的深邃眼神——混浊的薄膜垂直翻动着，保护虹膜和瞳孔。古斯不敢和任何人说自己的想法，没有人会相信和理解。除了旺旺，再也不会有谁这样看着他，旺旺不像马一样数量庞大，如果旺旺死了，巨型企鹅的物种信息也就一并跟着死了。

古斯反复问自己旺旺究竟在思考什么，是否和自己一样焦虑。或许它也感觉到了生态失衡，似乎有无形的橡皮擦正抹除自己的尾巴和喙。旺旺的经历太过独特，它不得不学着活出全新的模样，学着和一个根本不懂自己语言、不能一起游水甚至不能一起生小企鹅的古斯做朋友。一瞬间，古斯仿佛也变成了一只企鹅，变成一只企鹅在思考和感受，眼睁睁地看着他们所处的世界无声无息地消散，互相依偎着，心里在一点一点变冷，外面的世界则渐渐淡去。

III

他们再也闻不到鱼腥味，古斯的皮肤也不再受咸湿的海风伤害，艾琳波不会担心乱了发型，她耳朵上方套了一圈发带，长发披散下来。他们为孩子们请了家教，家庭教师时不时地会带孩子们在树荫下散步。全家都爱上了丹麦的生活，爱丹麦敞亮的街道、马路上马车来来往往的声音以及人群的烟火气。

1845年，古斯在哥本哈根大学谋到了一份教职。他将北欧的植物群也纳入了自己的研究，开始涉猎生物学。一个星期有好几个晚上，学生在他家中聚餐。大家天南地北地畅聊，严肃克制又随性。古斯和艾琳波的家不在哥本哈根市区，房子不大，带一个芜杂的花园，花园里有一个小水塘。正对大海，对旺旺而言非常必要。船来船往，旺旺也早已习惯了。

旺旺的生活几乎没什么变化。古斯用了一个月的时间，想把旺旺和奥古斯蒂娜相处的画面画下来。奥古斯蒂娜也想和旺旺一起入画。旺旺锋利的尖喙在小女孩朴素的棉裙衬托下庄严毕现，而小女孩则注视着古斯或者画架，矜持中又带点狡黠，她清楚自己被凝视着。水塘里的睡莲编织了一片绿意。如果看到这幅画的人不了解内情，只会觉得怪异：企鹅越看越像神父，而小女孩凌乱的发辫说明上一秒她还在嬉戏。但在古斯眼里，这是每天都在上演的人与企鹅的友情。

古斯不愿再操心物种的未来。他就把旺旺当作宠物企鹅来养，学生和同事见了他们一家和旺旺相处的场面，惊讶便惊讶吧。即便巨型企鹅真的快灭绝了，他和旺旺也没有办法。物种灭绝如此严肃、重大的事情还是不想为妙，先把眼下的生活过好。这就是他开始涉猎生物学的原因。少一朵雏菊总比死一只动物好，植物没有声音，也没有感情。

有时候古斯心想，过上几年，当人们看到奥古斯蒂娜和旺旺的画像，一定会疑惑现实中哪来这样的生物：长着犀牛嘴一样没有翅膀的巨型海雀。古斯看着旺旺，胡思乱想。他告诉自己不要多想，这只会增添无力感和莫名的罪恶感，他只会埋怨自己当时在艾尔迪岛救旺旺的时候，为什么没有多抓几只企鹅把它们保护起来。

旺旺在变老，但很奇怪，它活力不减，仍旧浑身"小伙"的精气神。比起鱼，它更喜欢甲壳类的海鲜。如果总给它鲱鱼，它甚至会气得发出嘶嘶声。有一天它偷拿了一块奥塔尔落在花园里的面包。从此往后，只要有谁手里拿着面包或者饼干，它便没羞没臊地扯着嗓子要，也不怕大家收拾它。古斯猜测，在人类庇护下生活的旺旺失去了猎食的动力，难免娇气，需求也更多，它把自己当作孩子，等着人类父母来满足自己，做父母的有时也强硬，但绝大多数时候都拿它没辙。

不过，到了夜里，学生们都走光了，只剩古斯和旺旺待在之前布置好的暖房时，古斯发现了旺旺忧郁的神情。但他也宽慰自己，或许旺旺本身的目光就比较茫然、放空而呆滞而已。于是古斯唤了一声，伸手在它眼前晃动，旺旺左摇右摆地凑到跟前，脑袋搭在古斯掌中任由其抚摸。就像先前在奥克尼群岛一样，比法罗群岛时更甚。他往它身上浇了三壶水，旺旺马上直起身来，张开它发育不全的翅膀，就着古斯人造的瀑布梳理自己的羽毛。

古斯重新为旺旺写日记，但这一次的性质不同以往，不再仅仅只为旺旺，而是为了写一本百科全书。当古斯怀疑旺旺是否有能力在野外独立生存时，古斯便着手推进这一计划。古斯心里最大的担心：遭遇危险的第一时间，旺旺会不会求助于迎面而来的水手。但说到底，旺旺又该如何理解周遭发生的一切？它甚至没有身为巨型企鹅的自知，它不清楚古斯和其他家人属于人类，也不了解人类拥有自己语言的事实，它不明白人类脱口而出的每一个词都有一定的意义，组合起来甚至会改变含义。人类的语言在旺旺听来像是施咒的曲调，有一定的用意，还能调动情绪：比如早晨问好，听着就很开心；比如用餐时给它带来鳙鲽并招呼道"来，旺旺，吃饭了"，它就加倍快乐。

对旺旺而言，一切都顺理成章，没有什么好奇怪的，换句话说：已然发生的无须多虑。叉子、梯凳、扶手椅究竟用来做什么，知道了又能怎么样。叉子本来就很危险又没用，脑袋是可以在梯凳的横杆间钻来钻去，但好玩也不过五分钟，往下跳的时候可以把扶手椅当滑梯——旺旺至今也就成功了一两次，而且费了老大劲。

让旺旺费心思考周遭的环境就等于在问逆戟鲸为什么长牙齿，毫无意义。毕竟，几个世纪以来，巨型企鹅已经接受了这一可怕的现实。如果真遇上了逆戟鲸，巨型企鹅只能被一口吞了，甚至没有什么好悲伤、哭泣或者叹口气感叹"真不幸""今儿日子不好"的。没有谁想死，但风险必然存在，每一只企鹅必须面对自己的命运：被当作食物吃掉，就像我们人类吃磷虾一样。古斯忽然发现，自己从未听说有哪只企鹅（无论大小）或者鳕鱼死得其所。当然，年老、虚弱的动物最终都会被掠食者吃掉，这是自然法则。没有人会为丧身鲸鱼肚皮的朋友、旅伴和亲人服丧。

古斯和旺旺误以为看到的是同一个世界，但古斯知道他们都错了。对古斯而言，一切都有逻辑可循，但在旺旺看来只有随机，比如它眼前这个人，无论他走动、穿脱衣服还是穿戴帽子，都没有任何意义。帽子本身说明不了什么，只要把它放在桌上，旺旺完全不会把帽子和古斯、头发或者脑袋联想起来。一切都很荒诞，与此同时，它已经适应了荒诞的人类社会，或者说它永远不会思考究竟发生了什么。

旺旺和奥古斯蒂娜一起摆姿势时，它并不在意为什么需要尽可能长时间地站着甚至一动不动——站着一动不动都不算什么，竟然需要站在桌子上那么小的一个空间里，仅仅为了一个侧面。当然旺旺最多能维持五分钟，古斯必须充分利用这五分钟来作画。旺旺的另一面也因此得以呈现在画面上：温顺——奥古斯蒂娜都不耐烦的事，旺旺竟然全然接受了，为了让奥古斯蒂娜开心，旺旺愿意遵从她的心愿，和她站在一块儿摆姿势。

旺旺叫嚷着要离开桌面的托盘，回到地面。下了桌，它并没有离开房间，而是待在角落里，像一幅画一样凝视着保持姿势不动的奥古斯蒂娜，仿佛在支持她渡过难关。旺旺也有谦逊的一面，虽然不理解什么是品性，但它行动上做到了，它温柔，也愿意融入这个大家庭的生活，他们就是它的家人。

不过有个问题很棘手：旺旺的味儿太大，带点鱼腥味，又有点发霉的味道，像是放久了的鱼的味道——也不是腐肉的味道。旺旺的嗅觉非常灵敏，无法接受人造香水的味道（要是谁喷了香水，它便受不了地扭过头去）。无论谁把甲壳类海鲜藏起来，都能被它找到，无论是橱柜、楼上还是地下室和花园——古斯试过的。旺旺喜欢的应该是自然的体香。

古斯的嗅觉就没有那么发达，所以这一人一企鹅仿佛生活在不同的世界。古斯更依赖视觉，借此他可以捕捉空间，了解所处的环境，无须了解味道。周遭的环境甚至整个大自然传递着关于过去、现在、未来各种各样的生物信息，一秒之内全都汇集在他脑海中。对旺旺而言，无论危险与否，世界这个由各种物质集合的整体都将扑面而来，只要它还在运动。或许，古斯和旺旺一起游水的话，他俩的处境就全然相反。

不过，古斯和旺旺相处得很好，他们彼此信任。两个截然不同的世界因为彼此心灵相通而交会。古斯更希望他们是因为彼此喜欢所以在一起，但他知道不可能，相反，他俩是因为日久生情。他们有相同的感受：他们理解彼此的需求，知道对方什么时候饥饿，知道对方喜欢吃什么，知道对方渴了，也知道对方解了渴舒畅了，知道对方的疾苦与恐惧。他们似乎已经为对方的需求喜好编了码，能够立即识别。甚至他们的身体也有了同步性，一起入眠，一起醒来。

但是，越过双方的交会点，一切都不同了。古斯想知道究竟他和旺旺谁看到的才是真实的世界。事实上，谁都在用自己的方式看世界。比如旺旺似乎就没办法分辨一些颜色。旺旺喜欢植物，尤其人类语言定义的绿色或者紫色的植物，它也喜欢艾琳波的一些裙子。到了丹麦后，艾琳波总穿艳丽的衣裙。除此之外，一切苍白的、铅色的、灰色的、棕色的东西它都熟视无睹。有时候它似乎根本看不到地上的抹布，一脚踩上去摔个跟头。但或许古斯也不能分辨周遭所有的颜色。所以他们彼此所看到的世界是如此多姿多彩，绝不雷同。如果旺旺能说话，一定能描述出一个全然不同的世界。古斯以为草是绿色的，但也许草根本没有任何颜色。也许企鹅和人类都被一些约定俗成的定义束缚了，无法看清彼此之间以及与现实之间的差异。或者根本不存在什么现实，一切都是阐释。而这些错综复杂的误会，反而让他们相互理解。

古斯经常担心旺旺会感到无聊。但就他对旺旺的研究来看，结论应该是相反的，而且会引发争议：野外生活的企鹅不会无聊，长颈鹿、麻雀也不会。只有人类或者人类驯养的动物，比如狗、猫、马会无聊，因为日复一日的重复又无须为生存奔波。但旺旺不一样，它可以花几个小时的时间观察周围的运动、光线的变化，或者漂在自己的池子里。一条鱼在水中游来游去就足以让它兴奋起来。不愁吃的旺旺和宠物猫狗一样，习惯了和猎物玩耍。所以或许古斯错了，旺旺周围的一切都让它兴趣盎然，也带给了它惊喜。况且它所经历的一切对巨型企鹅而言都是前所未有的，比如摆姿势做模特，比如在奥古斯蒂娜和奥塔尔跑上前一起玩耍时观察他们的一举一动，比如在暖房里倾听人们围坐在花瓶前夜聊。

古斯的同事汉森认为艾尔迪岛上最后两只野生企鹅已经死亡，但各种谣言如雨后春笋般涌现、叠加在一起，从一艘船到另一艘船口耳相传：据说有人见到巨型企鹅，但不知道具体方位——应该在圣基尔达。如果水手和游人说的是真的，海上早就挤满了企鹅。但这些零散叙述中没有任何确定的信息，而且经由这位皇家科学院教授的二次加工——他也是在某个港口听一个刚认识的水手说起的，这个水手远远地见到一个黑白相间的大东西在风暴突袭的石滩上左摆右晃，又或者眼见这黑白相间的大东西消失在愈加汹涌的海浪中。

听古斯说起这些传言时，汉森耸了耸肩。直到有一天，古斯说起常年在冰岛寻找巨型企鹅踪迹的英国达勒姆大学的博物学家威廉·普罗克特，因为搜寻无果，他便在1837年宣布巨型企鹅灭绝了。准确地说，普罗克特错了，毕竟

1844年有人亲眼见证了艾尔迪岛上巨型企鹅夫妻的死亡。这番话动摇了汉森，总之他的态度不似之前坚定。

"我确实不能证明巨型企鹅已经消失，"汉森坦承，但他接着说，"只有上帝才能证明，否则谁又有本事一眼看遍世界。虽然很难证明，但我也只能相信巨型企鹅不存在了。您如果要说服我，就请拿出它们生活在某地的证据。"

古斯发誓要尽快再次出发寻找旺旺的同类。尽管如此，时间一点点过去，他没有任何举措，他害怕失望，害怕穿山越海没有任何收获，害怕所有的观测都只是浪费时间，远处的踪影也只是踪影而已，害怕将海豚的背鳍、鲸鱼的背误认为企鹅。当他看着旺旺，他害怕远途归来的旺旺已经变成了动物标本，被人从一个博物馆拖到另一个博物馆，而人们只会指着它说："看哪，全球限量一只。"

1847年，古斯画完奥古斯蒂娜与旺旺肖像后一年，奥塔尔的肖像画也完成了。奥塔尔希望和自己姐姐一样，身边的桌子上有一只小动物，古斯便把邻居家的小狗借来。谣言仍然四起，有说在冰岛看到了一只巨型企鹅，有说在挪威又看到了一只。古斯认为，地广荒芜的冰岛确实是一个完美的避难所，相信巨型企鹅还没有灭绝或许不算荒谬。

一天晚上，一个学生带了一本奥杜邦通俗版的《美国鸟类》给古斯。这是一本精美的图画集，书中涵盖了非洲大陆上所有鸟类的精美图画，据说都是根据这些鸟类自然活动的瞬间所画，所选视角都很完美——虽然奥杜邦曾经为了细致入微地画下鸟类的羽毛，杀死大量鸟类后观察它们的尸体。

常年封闭于法罗群岛，古斯甚至都没有关注到这本书的巨大成功。

学生注意到书中关于巨型企鹅的页面。奥杜邦画笔下的巨型企鹅和其他所有鸟类一样，线条精美，除此之外也没有别的特色了。和谐的色彩搭配，偏灰色、浅棕色调，和奥杜邦笔下的其他鸟类画像（除猛禽外，一般采用浓烈的黄色、红色、蓝色）相比，略带一丝忧伤。页面正中是两只巨型企鹅的侧写，一只站在地上，另一只在水中，背景则是日本风格的细浪和白色涟漪，古斯看了只觉可笑。

"根本不是这样！"古斯指出，他本想克制一些——只是在那一刻，他嫉妒了，"奥杜邦把巨型企鹅画成了农场的小鸡，你们看，看上去多蠢，那企鹅竟然像个球！"

旺旺确实看上去危险多了，或者说攻击性更强。

"奥杜邦没有见过巨型企鹅，这是他根据别人的描述画的。"学生解释说，"美国的巨型企鹅已经灭绝了，他没有机会在大自然中见到了。"

整幅画让古斯想到坟墓，想到困在池塘里受惊的温顺小鸟，画中的企鹅看上去有气无力，半是鸭子，半像火鸡，就是不像会游泳的样子。画了上千次企鹅的古斯自然画得更逼真、更惊人，还将企鹅反复无常又傲娇的脾性展露无遗。不过，奥杜邦的笔触更具吸引力，即便是阴沉的色调也能让人身心愉悦，整本书看上去一派和谐。但如此苍白的虚构再优美也显得诡异而不现实。何况哪有和谐？企鹅都已经灭亡了，哪来的和谐？

第二天一早，敞开在企鹅图这一页的《美国鸟类》非常碍眼地放在餐厅五斗柜上，就在奥古斯蒂娜和旺旺摆姿势的那张桌下。古斯坐在桌尾，等着所有家庭成员来比较——奥杜邦可惨了，一起宣泄对奥杜邦的不满，竟然如此辱没巨型企鹅。古斯只穿着一件破破烂烂的衬衫，面容瘦削，脸色苍白，浑身的血仿佛都被脑子里的执念抽干了。他让大家发表意见。奥塔尔把手指伸进杯子，老实地说这幅版画"很漂亮"。奥古斯蒂娜没有看出画的是企鹅。轮到艾琳波发言时，她手里拿着一片面包，笑着说："这画得真无聊，和养在客厅里的鸟差不多，应该说更像圣诞节的盘中餐。"

古斯整个人放松下来。他笔下的旺旺和家人的肖像赢得了尊重。画面中的旺旺端坐在桌边笑容狡黠的奥古斯蒂娜身旁，看上去似乎拥有无边的力量，它凿刻着清晰线条的喙给人威胁的感觉，和放松的小女孩形成了鲜明的对比：随意的发型、寻常的衣裳，手中握着一只相当大的杯子。画家偶然捕捉到了小女孩和企鹅沉浸在自己世界里的画面。奥古斯蒂娜没有正眼看企鹅，这很正常，因为她根本不怕它：不管古斯来不来，旺旺一直和奥古斯蒂娜待在房间里。

陆续有人声称见到巨型企鹅。有人甚至称他在一个世纪前就没有企鹅的纽芬兰见到了它们。码头上、酒馆里充斥着各种传言。哪怕一小块企鹅残骸的价格都在迅速飙升。古斯混迹于酒吧和旅店，希望打探到第一手的信息，无果。从来没有出现谁声称见过企鹅并且当着他的面告诉他旺旺的近亲过得怎样。

除了那天，一个水手称自己把四年前——1844年——和同伴一起杀死的两只艾尔迪企鹅的内脏卖给了哥本哈根博物馆。水手忘了是谁扒的皮，那个画面恐怖得让他至今不敢回想，都是其他三个水手的错，说到底都怪那个恶棍船长把他们都害了。说这话的水手下唇正中有一道猩红沟壑般的疤痕，那是不小心被鱼叉割破的。他不知道收藏内脏有什么用，也不好问古斯。

古斯想到自己大学里的同事竟然做出这种勾当，感到恶心透了。他们中有的人很有可能刚看着企鹅肠子漂浮在充满甲醛的罐子里就来到古斯家中伸手摸旺旺。

"您认为其他地方还有巨型企鹅吗？"古斯问水手。

"当然没有了。我本人，凯蒂尔·凯蒂尔松亲眼看着最后两只死了。请记住我的名字。"

古斯不会忘记他的名字，他甚至想要大写加下画线标注他的名字留待后人评判。话虽如此，一个凯蒂尔松能起什么作用？如果大家相信一切必然朝着好的方向发展且越来越进步、越来越正义，即便没有上帝……当然，什么都没有，所以古斯不得不坚守着自己的信念：更多的旺旺还活着，但他并不傻。他至少会算数，一只在他的家中，另一只可能在另外的地方，就算这两只企鹅交配，也算不上繁衍，最多就是一个企鹅家族，根本够不上物种繁殖的要求，它们最终仍旧不可逆转地走向灭亡。

月月年年过去，谣言逐渐平息。世界上再也没有人见过巨型企鹅。港口和大学的走道里，再也没有人说起巨型企鹅，哪怕提到它们的名字，好像它们从未存在过一样，它们的遗骸也让人们提不起任何兴趣，或者正相反，海洋生物太多，多到没有必要重提巨型企鹅。

旺旺越来越老。它黑色的羽毛没有变白，喙也没有干裂或缩小，但它动得越来越少，看上去疲惫极了——或者是古斯认为它很疲惫。冬天时，院子里的水塘结了冰，旺旺没有机会运动，它蜷缩在温室里，傻傻地躺在地板上，干燥的羽毛需要更多的水才能舒展开。每天早上，它跑向古斯或者艾琳波，有时跑向奥古斯蒂娜，然后是奥塔尔，它的翅膀向后，喙向前，肚子快要和地面平行，看看谁愿意给自己喂鱼。

晚饭后，它陪在古斯和艾琳波身边，和学生们待在一起。学生们已经习惯了它在场，也不再觉得它很稀奇。当然，当它半闭着眼睛、稳稳地站立时，大家很好奇它到底听懂了什么。大伙议论纷纷时，它有时会嘀嘀咕咕，像是猫在喵喵叫，或是鹦鹉在学舌，但感觉更像是在肯定，又像是高高在上地否定，总之让人不得不信服和尊重。在一派城市景象中，被园中灌木和池塘、草地环绕着，旺旺确实更像热带地区的鹦鹉。人们看着它，看着它和周遭环境形成的反差，反而深受其吸引，就像市场上的猴子或者奥杜邦笔下不真实的动物那样讨人喜欢。

之后有一天夜里，旺旺被温室里一块翘起来的木板绊倒了，一挥爪撞到另一块木板上。一个叫拉斯穆森的学生哈哈大笑。倒地的旺旺左摆右晃，挣扎着站起来。旺旺很少闹笑话，古斯拉住它，帮它重新站起来，拉斯穆森继续大笑，活脱脱一副看马戏团里表演失误的老虎的样子。摔倒在地又爬起来的旺旺恼怒地跑开了，躲到远处桌子下面大家看不见的地方。古斯看着自己的旺旺羞愧又或者尴尬地躲了起来，自己则双手直抖。

古斯不再欢迎拉斯穆森到访，拉斯穆森也从未道歉。他为什么要为取笑动物而道歉？动物园里人们不都对着海狮哈哈大笑吗？谁会在乎海狮优雅的泳技和超群的海洋猎食手段？一个大学老师突发奇想养了一只无法适应居家生活的企鹅，怎么就不能笑了？这种野生动物即便回归海洋也不可能令人生畏，至少比不上海豹、海豚和鲨鱼，无非就是一只可以拔了羽毛填被子的海禽。

每当古斯看着花园里水塘边上的旺旺，仿佛看着因为自己错误的决定而不断萎缩的生命，和人为干预后没有营养的生活，他仿佛闻到了旺旺进食后四溢的死鱼肉的腥臭味。他看着那一池子供旺旺游泳的死水，禁不住回想旺旺每日生活的画面：每天都要因为地面打扫得太干净而摔上一跤，不明白为什么自己住的屋子建造得如此拙劣，它没有翅膀，不能像鸽子一样飞上树梢，过宽的脚蹼非常笨重，当它想像猫一样跳跃或像孩子一样撒腿就跑时，就会发现心有余而力不足。

心中郁结，古斯只觉口干舌燥。既然旺旺活着，既然旺旺幸存了下来，他禁不住想象，某处仍有巨型企鹅活着。奇迹不可能独立发生，独个的奇迹只存在于童话故事和圣经里。如此丰益的大自然，总有形态在不断重复，总有循环一再开启，无所谓新旧，都是重复，略微变化又重来。

于是他决定继续混迹于酒馆和码头，留心每一件从船上卸下来的货物。他喝了一杯又一杯，就着油腻桌台前酒鬼的胡说八道下肚。夜里他便穿梭于水手间打探消息。有一个人告诉他，他确实在冰岛西北部的韦斯特菲尔地区遇到了十多只巨型企鹅。那人还说，自己口袋里就装着一块企鹅残骸，准备卖给哥本哈根的收藏家。

纵横的皱纹将水手的脸庞打磨得坚硬，仿佛过多的矛盾在拉扯，冻住了他的表情，唯有那深陷的眼眶里蓝色的小眼睛在闪烁着坚定的光芒。古斯想看看遗骸，水手拿出企鹅喙的上半部分，长长的喙上沟壑纵深，形状和大小都近似于旺旺的喙。古斯拿它敲桌边时，感觉它和旺旺的喙一样坚硬。水手解释说自己并没有杀企鹅，这块残骸是在雷克雅未克买的，商贩甚至根本不知道这是什么东西。水手探索着的、不安的眼神让人无法怀疑他叙述的真实性和严肃性。他并不关心古斯问询的目的，甚至不接受古斯帮付酒钱。

离开酒吧时，古斯心想接下来必然终日无眠了。从那天晚上起，梦里肯定遍布贫瘠的土地、茫茫的草原，就像离开法罗群岛前的夜里他总是梦到树木一样。他会梦到夜里自己在床上翻来覆去，透过卧室的窗户观察旺旺在石滩上繁殖的身影。从那天晚上起，只要他一闭上眼睛，冰川就会在他周围闪耀着梦幻般的蓝色,在冰川的衬托之下,黑白羽毛的旺旺醒目而耀眼,旺旺正朝着其他巨型企鹅走去,古斯看到夏日里它兴奋地张嘴,露出淡黄的喉咙。

所以为了重拾睡眠,为了旺旺的幸福——当然也为了冒险,古斯决定离开。古斯要出行并不难,学院和学校定期组织冰岛探险之旅,艾琳波也同意。虽然想到古斯离开的几个月自己独自在家会寂寞,但想也是白想,她找不到理由反对。从某种意义上说,这是她和古斯之间道德上的契约、婚姻的约定:古斯和科学优先,古斯和旺旺优先,尽管有孩子。而且她安慰自己,古斯那么爱旺旺,就一定会爱奥塔尔和奥古斯蒂娜。既然他能全身心地照顾一个脆弱的物种,欣然担下这个从天而降的责任,他就可以成为一个值得仰赖的父亲,他很少关注孩子们,因为孩子们没有那么脆弱。她开始明白,旺旺体现了古斯爱的能力,他能够充分地去爱一个陌生的、完全不同的、无法全然理解的存在,尊重自己保护与珍惜的对象,因为它已经完全把自己交付了出来。说真的,艾琳波仍然清晰地记得,在那个人迹罕至的荒岛,她遇上了这个冒险家,和他生活在一所小房子里,过着近乎贫穷的简单生活,他们在一起很幸福。强行将这男人困在城市的干净街道上、笔挺的西装、洗衣粉的味道和环礁湖的温柔里没有任何意义。两个月后,古斯和旺旺登上了一艘前往加拿大的船,中途在冰岛上岸。艾琳波和孩子们站在码头,挥舞手中的手帕向他俩告别,古斯则在船头回以飞吻,怀中的旺旺兴奋地叫唤,仿佛在承诺"再见"。马上,码头上的一切只剩触不可及的圈圈点点，但古斯仍能认出妻子迎风扬起的浅灰色裙裾、吹飞的帽子以及全力追赶帽子的奥塔尔。

古斯上岸后在港口买了一艘船，绕过南岸往西。接下来的日子里没有出现巨型企鹅。白天，旺旺就在船头，昂首挺胸俨然一个直立在船头的水手，双蹼搭在直挺的肚子前，闭目养神。夜里它和古斯睡在一起。船上空间太小，古斯的胳膊只能整夜搭在旺旺的背上，仿佛在不断确认自己并不孤单，还有旺旺在身边。旺旺会立即反馈惊喜的咕咕声，很快便没了声响，这时候它已经熟睡。古斯感觉到他们给予了彼此慰藉，甚至远比同类更惺惺相惜。

过了渔村他们便停靠在岸边。古斯向当地人打探巨型企鹅的消息，但人们都说多年来从没有人见过。他和一些老人攀谈，他们记得年轻时碰到过巨型企鹅，甚至还吃过，但距今太遥远，他们已经忘了企鹅肉的味道。古斯和旺旺抵达雷克雅未克。三天时间他便找到了在丹麦时听说的那个水手：他对来来往往的水手谎称自己在收藏巨型企鹅的残骸。那个水手很有名气，他在当地经营着一家装备店，还有一艘船。实际上古斯用不着冒充任何人。贩卖巨型企鹅遗骸不犯法，没有人会在乎一个法国人为什么要买企鹅蹼、羽毛或者皮，只要价钱合适。

　　装备店的墙壁上挂满了餐具、鱼钩、网，地上陈列着篮子、夹克和帽子。赫尔加森收到消息，来了一个法国人。赫尔加森笑容可掬，看得出上了年纪，个头比古斯矮了一大截。他几乎立刻就从后面的柜子里拿出了企鹅喙和三根骨头。古斯假装细细查验骨头，实则在拖时间。古斯问赫尔加森有没有企鹅皮之类的。赫尔加森回答说可以找着，但得找找看，如果古斯喜欢夺眼球的稀罕物件，至少还得收藏一只企鹅蛋，当然价格也更高，企鹅皮和企鹅蛋差不多价格。

　　水手走开后，古斯听到开关抽屉的声音。回来时水手拿着一袋成色很新、漂亮又柔软的企鹅羽毛。摸上去感觉在摸柔软、健康的旺旺，跟真的旺旺似的，就像一个没有骨头和皮肤的旺旺的灵魂在被他的整个手掌爱抚。赫尔加森又说，如果古斯明天还来，应该就能见到企鹅蛋，本来就在他某只包里，但忘了具体在哪儿了。

　　如果直接问赫尔加森捕杀企鹅的地点，无异于问淘金者金矿的所在，绝对一无所获。古斯便转而问，有没有新货，并称自己只对新货感兴趣，就比如刚才的羽毛那样。老实的赫尔加森嘴角勾勒出一条近乎完美的弧线，他在嘲笑这个愚蠢的法国人。

　　"那羽毛是洗过的，确实很容易看走眼，实际上有很长的年份了，说明确实是上乘货色。"小个子男人笑了，换了一副人类通用的友好面具。古斯又看了看骨头，骨头上几乎积满了灰尘，那只企鹅喙的尖角已经失去了光泽，喙上的沟壑如风蚀后的山脊，淡不可识。

"您不是每年都去西峡湾区寻找标本吗？"

"您看我这把年纪，犯得着吗？"

古斯心里一沉，仿佛一根横梁坍塌在肩。他把事情想得太过简单，怎么可能走进一家商铺张口一问就能看到三天前收到的新鲜遗骸呢？

"您是什么时候得到这些遗骸的？"

古斯真正想问的是地点，但想问的太多，一时间思绪如乱麻。问时间的时候他更想知道地点，问方式时其实想知道还有哪些遗骸，即便知道了也没有任何意义：无非就是企鹅喙、骨头和羽毛。

"这些羽毛有十五个年头了。我年轻的时候这儿还有企鹅，当时抓过一些，这些残片就是当时留下做纪念的。现在只能拿出来卖了。我能把企鹅蛋找出来，我记得没卖出，但不是很确定。有一段时间所有人都在找这玩意，所以有些记混了。"

有那么一瞬间，赫尔加森和古斯一样显得垂头丧气，但显然赫尔加森在感叹人生悲喜，人总会老去，曾经让人欢欣鼓舞、充满自豪的东西都不复存在的时候，人也将不复存在。古斯则看到了希望：希望如蛇一般盘桓在杂乱无章的商店地板上，在黄麻袋间飞速穿梭。

出于偶然，古斯收养了旺旺，古斯永远不可能成为拯救巨型企鹅的圣人。当他在艾尔迪岛上遇见旺旺时，他本来有机会的，但他错过了。那天，他本该让旺旺跳水逃生，说不定这时它已经在别的地方繁衍生息，或者他本该阻止水手们靠岸，是的，他应该给他们钱，让船不要停靠。

古斯亲眼目睹了屠杀，即便他再抵触，他也没有站出来。他围观了那场没有缘由的卑劣屠杀，因为他在试图理解那些饥饿的人，却没有将成堆的企鹅尸体以及艾尔迪岛上企鹅的死活放在心上。那个时候，他一心只想活捉一只动物送往巴黎，对于屠杀没有任何的抗拒，虽然最终错过了时机。他仍然记得艾尔迪石滩上企鹅的惨叫，远远望去，水手手中企鹅尸体的血迹已经凝固，而遍洒石滩的血污十分刺眼。古斯对旺旺而言，一无是处。

古斯找了一个矮凳坐下。这时候如果有人走进商铺，就会见到店中同样弯着腰的两人各站在柜台两边，双眼迷离地盯着地板，仿佛那上面描绘着他们各自一去不复返的青春：从未谋面的两个人，一个不再捕杀鲸和企鹅，另一个从未捕鲸，只捕过一次企鹅——为此他心存愧疚。曾经的水手一头雾水地问自己是如何一步一步走到今天这田地卖起餐盘的，他也曾高大威猛，即使全身毛病，再也直不起身子，他也该一辈子在船上掌舵。另一个则错愕地看着自己漂洋过海的混沌人生，年轻气盛的他曾梦想探索太平洋和澳大利亚的旷野而不是北极人烟稀少的岛屿。

古斯在雷克雅未克的街道上慢慢地走着，他摇摇头，好像在回答自己，又好像在回答一个恶魔。他身体里住着一只怪物，一个与众不同的存在。他一激灵，耸了耸肩，挥挥手，好像在反驳什么，又困惑地歪了歪头。他拥有一只已经灭种的动物，类似于"狮身鹰头鸟翼怪兽"这种人们只会在梦中看到或者刻在纪念章上的神兽。

这怎么可能呢？鲸鱼和海豹都还活着。总被猎杀做成炖菜的犀牛身形庞大而愚蠢，也依旧安然地在非洲昂首阔步。澳大利亚有一种不可思议的动物，像是大自然开了一个玩笑，让海狸长了一张鸭嘴，更奇怪的是这种能够分泌乳汁的哺乳动物竟然是卵生的。然而，这种甚至从外形上都算不上好看的荒谬的动物竟然还活着，而没有攻击性又优雅、可爱的旺旺一族却灭绝了。先不论和谐，这世界有无正义可言？他离开市区上船时，双臂高举头顶挥舞着，路人侧目笑他。

一上船古斯便冷静了下来。他和旺旺第二天就要离开了，没有理由再留在这里。他们将前往几乎荒无人烟的西峡湾区，或许很久很久以前，人们在那里见过当时尚存的巨型企鹅。这是一趟朝圣之旅，他们将登上企鹅的第一故乡。他们要面朝大海和海滩，悼念逝去的一切，每一朵浪花和每一粒沙子仿佛无人光顾的墓地里坍塌的石碑。

准备出发时，古斯起初不敢看旺旺，他感到羞愧，他不知道该如何解释发生在他身上的奇怪而疯狂的事情：它是这地球上唯一一只巨型企鹅（最后再强调一次），世界如此丰益又神秘，它本应护更多企鹅周全，但旺旺就是这幸存下来的唯一一只。旺旺的命运是绝无仅有的：作为幸存者，它代替自己的同类在感知，发出自己的声音，挖掘本能，作为必死的存在，它却活了下来，就是对生存了十多万年的企鹅这一物种的记忆。

1849年夏天，古斯和旺旺抵达冰岛西北部。他们住在靠近海岸的一个草填石砌的单间里。最近的村庄离他们十四公里。草地、滩石上只有古斯和旺旺，这很正常，他们是岛上唯一的、最后的存在。古斯是地球上最后一个看到企鹅的人，而旺旺则是世界上最后一只企鹅。

夏季白昼长达二十个小时，冬天缩减为四小时。有时，古斯夜间醒来，看到旺旺鸭子一般缩在床角，便麻木地伸出手搭在它身上。熟睡中的旺旺先是一惊，发出短促的声音，然后便安静下来。那是古斯的手，古斯和它都好好的，互相安抚着入睡。古斯又睡着了，他的企鹅就在那里，守护着他。他很安全。

古斯和旺旺一起钓鱼，当然是古斯在船上，旺旺在水里。旺旺逮到什么吃什么，古斯则把鱼带上岸。旺旺看着古斯做晚饭——之前它从没进过厨房。一开始，它偷吃古斯餐盘里的食物，古斯假装没发现。几周后，吃饭时古斯添了一把叉子，旺旺拿叉子吃到了食物。这成了一种仪式。古斯和旺旺都很开心，企鹅终于不用再偷偷摸摸吃食了。

古斯觉得自己的陪伴安慰了孤独的旺旺。这么想太自以为是，旺旺不清楚自己是世上最后一只企鹅，更不知道自己游水的地方是企鹅的乱葬坑。除了古斯和家里人，旺旺几乎什么都不知道，群居的企鹅生活对旺旺而言是陌生的，或者直白地说：它完全想不出还可以活成别的样子。

冰岛生活之初，古斯有时会混淆，自己和旺旺到底谁是人类，谁是企鹅。似乎他们共同生活在一起，养成了共同的习性，他们俩似乎创造了一个杂交物种，一个海鸟和人类的结合体。事实上，照镜子时，古斯很难认出自己：除了额头、耳朵、手和脸颊上方，几乎都是毛发和胡须，等他穿上衣服，更是不见人类的皮肤。旺旺也无法认出镜中的自己，它觉得不像，也就不把自己的外貌当回事了。

有时，从岸上看过去，远远地看到逆戟鲸的鳍或鲸鱼的尾巴，旺旺便疯狂地边叫边往陆地跑，进了屋咬住古斯的裤腿，把他拖到岸边。古斯乐坏了——不然他还能怎样？当然他也很感动。即便他们的生活交织得很深，旺旺仍然葆有它独特而永恒的本能，而自己作为人类，是不会害怕无法上岸的海洋动物的。

古斯为什么要留在这个世界尽头的荒芜之地？他自己也不知道。他的神经绷得很紧，除了例行公事之外：钓鱼、睡觉、喂食、抚摸旺旺、和它一起散步、看它游泳或潜水，他无心做其他事情。细想之后总觉一切突然。想念艾琳波和孩子们时，他便看一看挂在敞亮屋子里的画，看画上的人。他陌生的灵魂逡巡着整个屋子。

在那里，没有人需要他。他的命运是罕见的，更不可思议的是，平庸如他却面对着如此特殊的事件：一个物种的终结。所有的探寻都是徒劳，没有人说起，更没有人见过类似的东西。最后一只渡渡鸟死后很久才被发现。或许其他地方的其他物种已经灭绝，但没有人关心。没有人了解最后一头猛犸象的故事，但古斯敢打赌，没有一个猎人会问为什么地球上再无猛犸象。人口在逐渐减少，随之消失的还有记忆。谁能理解自己从未经历的事情？曾经生活过、繁衍生息的存在消失不见，谁又能解释清楚？

旺旺在那里，就在古斯的跟前，它在游泳。昨天它刚经历了一场生死决战，躲开了一只猛扑过来的北极狐。北极狐的毛色混杂在茫茫白雪之中，旺旺没有注意到它逼近。狐狸把旺旺压得像块煎饼，旺旺反击，狠狠地咬了狐狸一口。狐狸一惊，发现自己的脖子在流血，撒腿就跑，恼羞成怒的旺旺张大嘴巴奋起直追。然而，即便它再勇敢、再横冲直撞，还是躲不过灭亡的命运。这不仅仅是个体的死亡。这是常态，带着整个物种生存的所有痕迹，包括进食、防卫乃至爱，所有一切都将随着旺旺的死亡而消失。古斯就是这独一无二的见证人，即便旺旺自己也没有意识到。

古斯仿若生活在梦境里。"为什么是我，和我没有任何关系，我甚至不确定是否可能，我为什么要留在这里？"这些问题每天接连不断，古斯只觉得自己悬浮于山巅，俯瞰着成群结队的野生动物在夜色中正从地球的一个地方迁徙到另一个地方，直到天色如洗，只见这绵延不绝的模糊的队伍脱离地球，穿过黑暗朝月亮而去。

　　冬天来了。古斯走起路来都困难，上气不接下气，双腿如木头般僵硬。他常常在想，是不是应该带旺旺离开，让它活得像一只真正的巨型企鹅。但这话一说出来，"真正的巨型企鹅"更像一个过时的概念，让人没有任何动力。

　　这个冬天，古斯目之所及似乎都飘散了。他想起一条毯子，在法罗群岛生活时，到了夏天，艾琳波就把毯子收进行李箱里。几个月后再拿出来时，毯子上大块大块的颜色都被蛀虫啃掉了，就像风景里缺了巨型企鹅。谁会记得旺旺？谁会记得其他的巨型企鹅？谁会在乎它们水下敏捷的动作、陆地上的蹒跚？谁会记得它们能用下颌嗑开贝类，谁会记得它们憨态可掬和温顺的性格？

　　古斯现在躺在床上的时间更多了。他仍然每两周去村里买一次补给品，每三天钓一次鱼，但严寒和细雨让一切都变得艰难。另一方面，旺旺也注意到古斯脾气不好。白天，它待在海滩上，不搭理古斯。它在海里一游就是两三个小时，后来是六个小时，但还是赶不上野生企鹅的游水时长，野生企鹅可以在海上待上几个月。或许它和古斯一样疲惫，或者说很长一段时间以来，就像古斯在丹麦所担心的那样，旺旺已经不再像一只企鹅了。

　　旺旺回来时，通常古斯还在睡着。他们突然就和解了，旺旺跳到床上，躺在他的枕头边打瞌睡。早上，古斯醒来时总感觉浑身瘫软，腿很僵硬。有一次，旺旺受不了慢吞吞的古斯，咬了他腿肚子一口。古斯不确定旺旺是不是在示好——给自己叫早，还是生气在发泄。没有答案。有一天早晨，古斯咳血了，便回床休息。旺旺想把他弄下床，啄了他的胳膊。旺旺又硬又冷的喙咬上去，又痛又刺，古斯摇头晃脑，只能靠墙支撑，几秒钟后他勉强抬起头看旺旺，只见它羽毛直竖，一副战斗的模样，它摇摇晃晃地走向门口，头也不回地走了。

第二天旺旺没有回来，接下来的几天仍旧不见旺旺的踪影。古斯又能站起来了，白昼短短的几个小时内他都在岸上张望，等待他的企鹅。有一次，他以为看见了旺旺，整个人立马放松下来，想跳上前告诉它，他在那里，一直在等它。但其实那只是一只海豹在游泳。古斯失望极了，回到家又咳血了。

古斯发烧了。床单、衬衫、花呢毯子似有千斤重，掀开又冷。他掀开毯子，披上大衣，像是一尊沉重的大理石雕塑盖上了布。白天和夜里他都卧床不起，很快便再也分不清室内室外，里外都寒冷，里外都黑暗。发烧的古斯一直出汗，导致头发终日粘在额头，全身捂出了一股刺鼻的酸汗味。没有人会来这个没有任何消遣的苦寒的冰天雪地。古斯醒过来，也就一刻钟的时间，他以为这地球上只剩下自己一个人类。伸手仍然可以看到旺旺生气时咬伤的瘀痕，有一次他看着看着，觉得伤口像寄生虫一样在移动、变大和发颤。

清醒时古斯想到艾琳波和孩子们，他试图计算他们收到自己死讯的时间，那时或许已经到了夏天，也许有人会偶然路过。他感觉风暴马上就要上门,但或许只是寻常的风。后来他不敢睁开眼睛,一间陋室也没有什么好看的。他没有做梦,模糊所见的事情真实发生着,只不过像是橡胶一样扭结在一起:屋子死气沉沉的墙体坍塌散架一般,水下一头鲸鱼袭击了一只企鹅。塌陷的床上躺着一个浑身油腻的被遗弃的人,像要死在满是油污的海面一般。他的企鹅不要他了,留下他一人。

有一天,出现了前所未有的感觉:额头上有个又黏又凉的东西,柔软、光滑也不令人生厌,闻上去像海水。这反而让他放下心防,这说明他的状况没那么糟,他分辨得出这东西来自外界。但哪来这么个又黏又凉又光滑的东西?不对,肯定怪他神志不清。但那东西还在那里,从他的额头滑到了他的耳朵。他好好感受了一下,又发现这家伙挺粗糙,像是一条鱼。但是,鱼怎么蹿出水面,蹦到了自己的枕边?他觉得最好应该睁开眼睛看清楚,但还是没有力气。他继续睡了。等他醒来,那温暖、柔软的脉搏紧贴着他的脸颊,就像旺旺的羽毛一样柔软。有那么一瞬间,他想起了旺旺,他多想向它解释,作为一只巨型企鹅,它到底经历了什么。他想为它所经历的一切道歉:这世上只剩它一只巨型企鹅,有机会为它配对时,他错失了时机,因为他,它变成了一只暴躁的老企鹅,并且遗弃了他。

古斯闻到唇边咸咸的水的味道,当然,这岛上所有的一切都是咸的。应该是他流泪了。他感觉好多了。然后他听到了一声微弱的叫喊,像是惊讶又像是惊喜。长着羽毛的脖颈温柔的弧线触及他的耳朵、太阳穴。脖颈顶端很坚硬,像是喙的尖角,旺旺的喙……他想要睁开眼睛,看看是不是旺旺,但他害怕自己仍然孤身一人。想象着旺旺陪在自己身边,古斯觉得好多了,还是那个爱他的旺旺,带着一身精细又柔软的羽毛。他又听到了短促的一声,或许就是旺旺在说:"睁开眼睛。我在这里。来吧,你没有什么可担心的了。"

古斯睁开了眼睛。旺旺的脑袋抵着他的脑袋,喙抵着他的鼻子,目光旋即迎上他的目光,古斯伸出双手环抱着旺旺温暖的身体。喜出望外的古斯哭了,旺旺轻声叫唤,似低声吟唱。他枕头的左边确实是一条鱼,旺旺抓起鱼放在他的嘴边,他已经很久没有吃任何东西了。然后,筋疲力尽的古斯又睡着了,他的手放在救了他一命的旺旺的背上,它似乎还在轻声吟唱。

古斯康复了。他又能下地行走了,腿脚依旧笨重,但关节已经更灵活了。有时他会自言自语,经常摇头晃脑,看护他的旺旺注意到他古怪的举动了吗?他对人类或许只有个大概的印象,没有具体的细节。是旺旺喂了他一个月。旺旺把捕到的鱼带回家后,古斯把鱼煮熟并晒干。从那以后它便是古斯的医生,也是房子的主人。

春天,重拾状态的古斯到村里补货。他与村民的关系再简单不过:他已经失去了聊天的兴趣。回到家,他发现旺旺在等他。他需要企鹅。他相信企鹅也需要他。他们就像两个隔绝周遭世界的疯子、梅林法师时代隐居在结界的魔法生物、失落文明的远古记忆——在那个生而平等的时代，旺旺和古斯没有区别，古斯和蜜蜂也没有分别，蜜蜂近似于草籽和冬日里妨碍行动的雪，只因为都存在着。

有一天，古斯和旺旺散步时遇到了一只小企鹅，也就是海雀，应该说是旺旺的缩小版，但它有真正的翅膀。旺旺惊讶地僵在沙滩上，隔着海雀所在的势头几米远，就像当初在丹麦第一次见到猫一样：旺旺被一只动物征服了，这只动物的气味、形态、声音、防御或攻击姿态对它来说都是未知的。但海雀和旺旺的区别不至于这么分明，至少古斯这样认为。但旺旺也这么看吗？

显然，两只鸟彼此都无敌意。海雀没有任何反应。旺旺不再一动不动，而是探头探脑地走向陌生的动物。这时候海雀明显一惊。相隔一米远时旺旺停了下来，不打扰地打量着自己的翻版，两只鸟都一样，落地很笨拙，喙很灵活——海雀正拿喙抓挠自己腹部的羽毛。

然后，旺旺发出古斯从未听过的叫声，它低沉而庄严的叫声在空中回荡，听上去很绝望。它的喉咙和脑袋仰向天空，竭力发声后的余震仍使它的身体绷得紧紧的。海雀不再梳理它的羽毛。古斯不敢有任何举动，那啜泣声仍在耳边回响，就像一个刑满释放的苦囚面对全然改变的世界号啕大哭。海雀挥动翅膀，它的翅膀不比鸽子的翅膀，却比旺旺发育不全的附肢大上许多。旺旺学它，似乎在告诉海雀它也能飞,告诉它自己之前一直很蠢,把翅膀当装饰和鳍,又或者旺旺只是出于礼貌和善意在示好。海雀鼓起肚子飞了起来,旺旺看着它飞上天,再看看上面空无一物的石头,又叫了一声,和第一次一样在呜咽,深沉而悠长。古斯知道,旺旺哭了。

旺旺不愿离开海雀所在的那块石头,古斯不得不抱走旺旺。他们回到家。晚餐时,旺旺也不问古斯要叉子上的食物,它什么都不要,只一动不动地待在这个单间的角落里。他既不睡觉,也不吭声,甚至不嘀咕。古斯抚摸它的羽毛,它也没有任何反应。它坐在自己的脚蹼上,眼睛盯着几乎黑色的墙壁,失明一般。

古斯心想,地球上没有动物可以独活,人类也是同样,否则就会像他之前那样:摇头晃脑、自言自语,然后渐渐地便不言不语,对着树叶、灰尘和居所角落里吱吱作响的老鼠哼哼。旺旺从没见过同类,也从没见过和自己相似的生物,旺旺是地球上最孤独的存在。它不是人,没有人类的手,也不是海雀,因为它没有能飞的翅膀。

每一次它接近陌生的生命,都能感受到对方强烈的独特性。作为一只海洋动物,它很少待在海上,它是一只退化了的巨型企鹅,缺失了同类的力量。它的死意味着整个族群的死不得其所:活着时,它羡慕只有自己四分之一体量的海雀,但它自己死也只能死在四堵墙围起的屋子里。

第二天,古斯和旺旺回到了岸边。他们望着海平面,望着在悬崖上筑巢的鸟儿,还有狐狸,那是旺旺的敌人。狐狸棕色的皮毛终于不再披挂白雪。看到狐狸时，旺旺没有任何反应，哺乳动物或者只能陆居的动物无法再引起它的注意，也不能让它感到恐惧。古斯和旺旺一直坐在岸边，尽可能地远眺大海，一个小时、三个小时过去了。他们不言不语，但对古斯而言，这就是交流。无声的交流中，他们已经说遍了海底城郭、逆戟鲸之战、海豹赛跑的故事。他们在海岸附近遇到了北极熊，北极熊是一种非常危险的动物，是水中的游泳健将。古斯和旺旺不敢看过去，生怕被北极熊看到。有一天，旺旺在游水时撞到了一只塘鹅，这只塘鹅嗖一下蹿进水里，喙撞破了旺旺的脑袋。企鹅和塘鹅大叫着分开，旺旺咿咿呀呀地叫着，错过了各自觊觎的鱼。

他们比较了海藻的薄厚、鳕鱼和甲壳类动物的味道。也许旺旺记得父母肚子的温度，记得破壳而出时第一口食物入喉的味道，记得第一次游水时海水的凉，也记得为了生存所付出的代价，他或许还记得第一次也是唯一一次与同类越海过冬，几个月后又回到了艾尔迪岛。

它们成群结队地飞过深渊，漂浮在海的尽头，目之所及没有陆地。每天都有信天翁飞过，但不清楚那究竟是信天翁还是海鸥。它们不喜欢海鸥，不知道为什么，或许海鸥的叫声很讨厌。有一次，旺旺从鲸鱼之口逃生，先是感觉到一阵水压，随即身侧一阵海水翻涌，鲸鱼一转头吞掉了它的同伴。这就是企鹅的生活。

现在，旺旺把脖颈搭在古斯的腿上。遇到海雀以来，这是旺旺第一次亲近古斯。古斯抚摸着旺旺，旺旺的脖子环绕着古斯的手,他的手搂着它,它咕咕叫着:低沉的发音带动了胸腔的起伏,古斯唱了一首摇篮曲,曲调低沉、忧伤、舒缓而肃穆。这是他在法罗群岛学会的摇篮曲。他以为自己已经忘记,但这曲调像极了企鹅的专属,传递着它们的话语。

旺旺挣脱开来,古斯将手放回双膝上。企鹅仿佛在沐浴一般,慢慢地没入水中。它转向古斯,水漫到胸口。古斯愣住了,手不由自主地挥动,就像人类在离别时挥动手臂,互道再见,互相勉励。古斯在告诉旺旺,他懂,它应该离开。旺旺的目光从他身上移开,看向前方,继续往前走,留下一个背影。旺旺潜入水中,这一次,它再也没有回来。

两年来，古斯一直在等旺旺回来。他坐在一块横着的史前巨柱般的石头上。半小时后，冻僵了的古斯努力抬起眼皮，看着海滩。六月的一天，他看到一艘船在海湾抛锚，一个男人下了船，上了岸。

他认出了布坎南。他早就猜到艾琳波最终会把布坎南请来，接自己回家。苏格兰人没有变化，他的长脸依旧苍白，像是冲上岸的乌贼骨头。古斯任由他坐在自己身旁，不想开口说话，只想装作没有看见。

"古斯，我来接你了。"

布坎南很直接。

古斯似乎看见了一幅沙画：他娶的女人和他们共同生养的孩子隔着透明玻璃，手贴在上面仿佛吸盘一般，他甚至看不清他们的样子。某种程度上，这画面看上去荒唐而可悲：他们天真地以为自己毫不立体的灰色阴影能够唤醒古斯，他们相信自己在做对的事。古斯绝不会离开这里，白天他就坐在这块石头上，晚上他就进屋睡觉。他看什么都在颤抖。他自己清楚，他的脑袋晃来晃去再也没有停下过。目光涣散、蓬头垢面又浑身鱼臭味的自己为什么要回去？何况他不想走。他不想离开旺旺，他还在盼望着旺旺走出海浪，走向自己。

"古斯，你要知道我也爱旺旺，我爱它。我理解你。但你必须回家。至少你得接受治疗，到时候你可以再回来。看看你，你的手在颤抖，我敢肯定你牙都掉了。"

古斯没有掉牙，牙都在。他的五官挤在一块儿，定睛看着海平面。他想忽略布坎南的存在。

通常，他会梦到旺旺躺在海滩上，海浪散去，它原本往前探的脑袋耷拉在地，筋疲力尽。它的脉搏在减慢，胸口的起伏越来越微不可识。不远处有几只海鸥在闲逛，更远处有几只秃鹫在伺机而动。古斯惊醒，呼吸困难。

他感觉布坎南的肩膀靠在自己身上。他必须遵循自己的想法。布坎南有和旺旺一起生活在海边吗？如果没有，那布坎南就是秃鹫。但是他自己呢，又处于什么位置？或许和旺旺躺在一起，任由浪花拍打。他必须使出浑身解数向布坎南解释为什么不能和他一同回去，布坎南没有必要来这里浪费时间，即便他是秃鹫，也不可能拖走石凳上行尸走肉的自己。古斯该怎么向布坎南解释，他很反感他来接他？他承认，布坎南是一个富有同情心的苏格兰人，但苏格兰人难道是一个物种吗？古斯从来没有问过自己这个问题。之前古斯和寻常人一样时，他心里早有答案，甚至不用费心思考：苏格兰人和丹麦人，甚至生活在地球另一端的日本人，一样都是人类。但是地球分两端吗？这种问题根本没有答案。他不得不告诉布坎南：他在那里，逼得他只能想些烦人的没用的问题。如果布坎南真想为他做些什么，而且来都来了，不如和自己一起巡视大海。

但可怜又无辜的布坎南能看到什么？实际上古斯已经替他想过了，于是开口说：

"你看天空，天空中黑色如尘埃的斑点，你知道那是鸟，你会看到海洋的漩涡，你称之为波浪，仅此而已。"

"并不是这样。我和你一样：当我忧郁时，我看到的只有生命的终结。"

但古斯并不忧郁。他很积极，头脑也清醒。如果布坎南看到古斯所看到的一切，整个人生肯定当场就毁了，或者会像他一样，远离所有人类，独自生活在某个角落。古斯看着一望无际的平静海面。曾经他那么喜欢看着没有燕鸥的天空下鲸鱼在海面自由自在地游动。无所事事的时候，古斯会想到（并非刻意）非洲草原上干瘦的猎豹孤独地无聊而死。古斯的耳边嘈杂不断，没有了巨型企鹅也无所谓自然和谐。他仿佛看到了一个混乱的世界在自己面前展开，没有任何生命，最最有趣、最出乎意料或最美丽的生命形态比如洋蓟、豹子、蝙蝠、曼德拉草——都不复存在，这个世界在渐渐褪色。

就在这时，布坎南说了很短的一句，似丝带滑过古斯耳畔，带着难以理解的吟唱。他不知道上哪儿去找旺旺，它会在哪儿终老，企鹅老了也会死亡，最后一只企鹅并不意味着永生。他想要告诉旺旺：它得活出巨型企鹅的样子。古斯似乎看到旺旺正瘫在海边，经受着海浪的冲刷，他爬上前，旺旺正用翅膀搅动沙子，就像海龟要回到海里一样。

"我的旺旺，我的朋友，"古斯叮咛，"不要害怕。想想你轻盈的羽毛，你潜水时多有力量，你捕鱼时多么灵敏。有一次你一个急转弯躲过了鲸鱼，还有一次你和另一只巨型企鹅在激流中戏水，那激流似闸道大敞足以将你托举。你还记得吗？水中你的眼睛会撑起一层薄膜，到了夏天你的上颚会变黄。当你召唤同伴，对方也会张嘴回应你，你们巨型企鹅的脸颊上时不时就会出现白色的斑点。请记住，每到夏天你们就会重聚。你爱它就像我曾经爱你那样，就像你曾经爱我那样。"

"古斯，你在笑。"

这一次，古斯确实在笑，因为他在和旺旺说话，一切都变得美好而简单。布坎南所说不再似风消散，他听懂了每一个字。

"跟我回去。旺旺年纪太大，不可能还活着。它应该快十八岁了。没有一只巨型企鹅能活十八年。"

古斯知道，他知道旺旺已经死了，因为当时他们在一起，旺旺搁浅了时，是古斯在照顾它。事实上，古斯始终是独自一人，他是唯一一个最后见过旺旺的人，最后一个见过如此奇妙的海洋动物的人：它像是海豹，却是卵生，又比鸭嘴兽漂亮许多，它是这个半球唯一以鱼为食的鸟类。

古斯不知道自己为什么听布坎南的话，站了起来。他还要对他说：

"看（仅这个字就让他筋疲力尽），看啊，什么都没有了。"

他用手指着远处。他想说"再也没有巨型企鹅了"，像最终强调一般，他又说：

"只剩动物的尸体。我们也一样，行尸走肉。"

古斯没有说下去，他看不起布坎南。他鄙视布坎南，但仍然走在他的身边，因为他知道布坎南不会伤害自己，一定程度上，布坎南喜欢他。他感受到了一个人出于同情对另一个人的温情，这份温情深深地包裹着自己，让他安心，但他还是看不起布坎南，因为他什么都不懂。地球现在就像一只倾斜的盘子，东西都快掉光了，而这个苏格兰人不管不顾地走他的路，好像什么都没有发生。他和古斯说话的样子像在和自己喜欢的宠物说话，好像古斯是一只听话的狗，他吹声口哨，古斯就得快跑。古斯从未驯服任何动物，他曾经有过一个动物伙伴，他不是它的主人，而是朋友。但他仍然跟着布坎南上了小船。

毕竟让布坎南觉得自己很听话没什么不好。地球这只盘子还在不断倾斜，现在它已直立如锣，不可能再倾斜。布坎南坐在船上，水手在划船，心里空落落的古斯早就跟着旺旺和一棵漂流的猴面包树沉到水里了，不断下沉的旺旺突然挣扎着蹦到艾琳波的裙子上。古斯没有注意到艾琳波早就等在那里，风吹起艾琳波的裙裾，缠绕着奥古斯蒂娜的头发，奥塔尔紧紧抓住姐姐的外套，怀里抱着企鹅。他还看到了远处的布里奇太太，她邋邋遢遢地站在那里，衬裙扬至肩膀，帽子也被风吹翻了。古斯的围巾被风吹走了,他原想抓住却没有伸手,围巾飘落到猴面包树上,或者落在一座看不见的教堂上。

后面,古斯远远地看到旺旺。奥塔尔松开旺旺,它左摆右晃地前行,双脚抓地不稳,如抓沙一般,要么太靠左,要么太靠右,还是和以前一样。古斯向它伸出手,唤它。但它听不到,整个世界都在晃动,跛脚的企鹅摇摇晃晃,其余一切似振翅一般全速移动,但怎么就长了翅膀?晕眩地坠落,坠入虚无。古斯心想,这就是没有旺旺的世界。

布坎南搀扶古斯上船。